Dieses Buch widme ich meinem Mann, Werner Fritzsche, ohne dessen Unterstützung ich meinen Traum einer Boxerzucht nicht hätte verwirklichen können.

Iris Fritzsche

Die Boxer
von der Müngstener Brücke

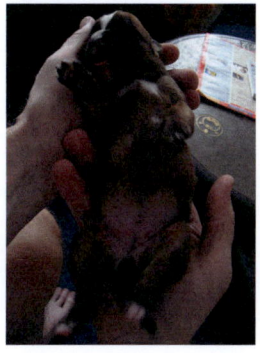

Das Tagebuch des A-Wurfes

Bibliografische Information der Deutschen Nationalbibliothek
Die Deutsche Nationalbibliothek verzeichnet diese Publikation in der Deutschen Nationalbibliografie; detaillierte bibliografische Daten sind im Internet über http://dnb.d-nb.de abrufbar.

Impressum:

© 2009 Iris Fritzsche

Herstellung und Verlag: Books on Demand GmbH, Norderstedt
ISBN 978-3-837-08901-1

Inhaltsverzeichnis

- Vorwort

- Trächtigkeitstagebuch

- Tagebuch des A-Wurfes von der Müngstener Brücke

- Nachtrag

Vorwort

„Boxer züchten? Du bist doch verrückt!" Das war die nicht gerade schmeichelhafte Reaktion meines Göttergatten, als ich ihn mit dieser Idee konfrontierte. Zu diesem Zeitpunkt hatte sich die Idee einer eigenen Boxerzucht aber schon so in meinem Kopf festgesetzt, dass ich alle seine Einwände mehr oder weniger überzeugend widerlegte. Irgendwann gab er trotz seiner Bedenken nach, und ich konnte mit den Vorbereitungen beginnen.

Der bürokratische Teil war recht schnell erledigt. Die Zuchtwartin besuchte uns, begutachtete das zukünftige Zuhause unserer Welpen, erfragte mein Wissen über Hundezucht und gab grünes Licht für den Boxerzwinger „von der Müngstener Brücke". Diesen Namen hatten wir uns ausgesucht, weil besagte Brücke die beiden Städte Remscheid und Solingen miteinander verbindet. Da unsere ersten beiden Boxermädels aus diesen beiden Städten stammten, gefiel uns die Symbolik.

Viel schwieriger gestaltete sich unser Vorhaben, mit unserer Hündin vor dem Belegen noch die VPG 1 zu machen. Aber unsere Mühen wurden belohnt, sie bestand ihre Prüfung.

Bereits vorher war ich schon auf Rüdensuche gegangen. Leider „durfte" unser eigener Rüde, Ede, noch nicht, und nach langen Recherchen war dann auch der glückliche Bräutigam gefunden – ein gelber Rüde mit viel Weiß. Das Telefonat mit der Rüdenbesitzerin, einer Schwäbin, gestaltete sich ob des Dialektes ein wenig mühsam. Auf die Frage: „und was isch mit de Hooooooode-fääääääääähler?" fiel mir nur „wie bitte?" ein.

Dass die Rüdenbesitzerin die Zuchtwerte unserer Hündin in Bezug auf Hodenfehler wissen wollte, erschloss sich mir zu diesem Zeitpunkt noch nicht – dazu brauchte es nähere Erklärungen.

Letzten Endes wurden wir uns aber dann doch einig, und nun brauchten wir „nur" noch auf die einsetzende Läufigkeit zu warten. Aber wenn Lebewesen im Spiel sind, ist das mit der Planung so eine Sache... Unsere Geanie ließ uns noch monatelang zappeln, bis es dann endlich soweit war.

Zu diesem Zeitpunkt setzt mein Tagebuch ein, das ich während der Trächtigkeit und der Welpenaufzucht geführt habe.

Trächtigkeitstagebuch

Samstag, 17.6.2006
Geanie ist endlich läufig – seit Ende Januar haben wir drauf gewartet. Unser ursprünglich für den Frühsommer geplanter Wurf verschiebt sich auf Ende August/Anfang September. Jetzt starten wir ins Welpen-Abenteuer! Ich belauere Geanie, schleiche ständig hinter ihr her, sie guckt schon genervt. Ich hoffe nur, dass es kein blinder Alarm ist – das hatten wir schon, brauch' ich nicht noch mal. Aber sie tropft fröhlich vor sich hin. Meine „To-do-List" wächst ....:

1. Geanies Züchterin anrufen, die frohe Botschaft mitteilen
2. meine Freundin anrufen – irgendwem MUSS ich es erzählen
3. die Besitzerin des Deckrüden anrufen wegen seiner „Termine". Sie ist zur Zeit in Düsseldorf, wäre toll, wenn sie noch ein wenig dort bliebe. Hundehochzeit im eigenen Garten wäre super.
4. die Zuchtwartin anrufen – sie möge mir bitte die Zuchtwerte per e-mail schicken
5. noch mal den betreffenden Abschnitt im Hundebuch gründlichst durchlesen und den zukünftigen „Co-Züchter" auch dazu vergattern

Sonntag, 18.6.2006
Alles im grünen bzw. roten Bereich – Geanie ist definitiv läufig. Gleich morgen muss ich den Tierarzt anrufen wegen eines Termins für den Abstrich.

Sie „leidet", will nicht aus ihrer Box raus, und Ede, unser Rüde, versteht die Welt nicht mehr.

Montag, 19.6.2006
Vormittag
Habe soeben den Tierarzt angerufen – heute Nachmittag
wird der Abstrich gemacht.

Nachmittag
Waren vorhin beim Tierarzt, er hat den Abstrich gemacht,
gleichzeitig sind beide Hunde geimpft worden. Für Freitag
haben wir einen Termin für die 1. Blutabnahme – mir
graust jetzt schon. Geanie ist kein pflegeleichter Patient...

Abend
Abstrich war in Ordnung – das ist schon mal gut.

Dienstag, 20.6.06 – Donnerstag, 22.6.06
Keine besonderen Vorkommnisse, außer dass Ede
ziemlich nervös ist angesichts der appetitlichen Düfte, die
Geanie ausströmt. Er bekommt homöopathische Tabletten
(Angus castus D6), die ihm die kommenden Tage
hoffentlich ein wenig erleichtern werden.

Freitag, 23.5.06.
Die Blutabnahme ging – wider Erwarten und dank
Leberwurst-Trick – problemlos über die Bühne. Der
nächste Termin ist Montag, dann treten wir in die „heiße
Phase" ein. Die Zuchtwartin hat die Zuchtwerte gemailt –
jetzt hab' ich (bis auf die Deckgebühr) alles zusammen.

Samstag, 24.5.06
Ede wird zusehends interessierter – er leckt Geanie ab
und klappert anschließend mit den Zähnen. Er ist
wirkliche eine arme Socke, aber sie ist wenigstens mal ein
bisschen lieb zu ihm, leckt ihm sogar die Lefzen – wer
Geanie kennt, weiß, was das bedeutet. Heute ist
wunderschönes Gartenwetter – aber wir lassen die Hunde
nicht aus den Augen (man weiß ja nie).

Sonntag, 25.6.06
Heute ist ein elend heißer Tag, schwül und gewittrig. Die Hunde liegen faul im Garten herum – wir finden das sehr angenehm, so haben wir sie gut im Auge. Abends gibt's ein schweres Gewitter, danach angenehme Abkühlung. Nachts haben beide ruhig geschlafen, aber ganz dicht beieinander. Geanie haben wir vorsichtshalber in mehrere Hüllen gepackt, damit wir es merken, wenn sie anfängt zu „strippen".

Montag, 26.6.2006
Heute früh, 8.30 Termin beim Tierarzt – Abstrich und Blutabnahme. Geanie war wieder ganz brav, dank Leberwurst (unser Verbrauch steigt beängstigend ...). Wir sind schon unsagbar kribbelig, das hätten wir uns allerdings sparen können – mittags kommt ein Anruf, es ist noch nicht soweit. Morgen früh der Tragödie 2. Teil .... Ich hab' schon alles an Papieren 'rausgesucht, kopiert etc. – bin startklar. Eine Bekannte, auch Züchterin, ruft an, wil wissen, wie weit wir sind und fragte, ob wir Wurmkur gemacht haben – haben wir natürlich nicht. Geanies Züchterin antwortet mir auf meine Frage, dass sie es immer erst kurz vor dem Werfen macht – dann werde ich es auch so halten.

Dienstag, 27.6.2006
Heute wieder Blutabnahme, wieder mit Leberwurst. Der Doc will sich melden, sobald er was weiß. Bis Mittag nichts gehört, die Spannung steigt langsam ins Unerträgliche. Heute Nachmittag ruft er an und meint, wir könnten morgen fahren – juchu!!! Aufgrund der Entwicklung des Testes rät er, es morgen Abend zum 1. Mal zu probieren, dann eventuell ein 2. Mal Donnerstag oder Freitag. Jetzt ist Kofferpacken angesagt – wahrscheinlich vergess' ich die Hälfte vor lauter Aufregung. Die einzigen, die relativ locker bleiben, sind unsere Hunde ...

10

Alle Leute, die mir wichtig sind, habe ich angerufen. Der Termin mit der Rüdenbesitzerin steht – wir sollen zum Hundeplatz ihrer BK-Gruppe kommen, weil sie ohnehin immer mittwochs dort ist. Wir sind ab 17.00 dort verabredet. Für den Fall, dass irgendwas Unvorhergesehenes passiert, hab' ich ihre Handy-Nummer.

Wir haben schon vor ein paar Tagen unsere Ankunft bei unserer Familie in der Heilbronner Gegend avisiert. Wir werden dort ein paar Tage bleiben, so dass wir ausreichend Zeit für unser Mädchen haben. Ede fährt mit – ist zwar irgendwie gemein, aber ich mag ihn nicht gern in eine Pension geben für die paar Tage.

Mittwoch, 28.6.2006
Wir sind um 12.00 losgefahren, kurz vor 17.00 beim Hundeplatz angekommen. Keine Seele ist zu sehen. Wir nehmen erstmal die Hunde aus dem Auto – es ist sehr warm. Ede will nicht Pipi machen, er will nur hinter Geanie her – so langsam merkt er wohl auch, wo's lang geht. Ich rufe die Rüdenbesitzerin auf dem Handy an - sie ist mit Geanies Zukünftigem auf dem Weg. Um kurz vor 17.30 ist es dann soweit: der Bräutigam ist eingetroffen. Wir lassen die beiden sich erstmal kennen lernen, sie dürfen ein bisschen herumspringen, dann geht's auch schon zur Sache. Geanie findet das nicht wirklich lustig, Werner muss sie gut festhalten, sie zappelt herum, er hat völlig zerkratzte Arme, sie bluten. Langsam beruhigt sich unser Mädchen, sie stößt komische kleine Jammerlaute aus, aber wirklich jämmerlich scheint es ihr nicht zu gehen......... Mit einem Mal ist alles vorbei, der Rüde löst sich von ihr. Bevor sie irgendwas anstellen kann, nimmt Werner Geanie auf den Arm und bringt sie schnell ins Auto zu einem ausgiebigen Schläfchen. Wir bleiben noch ein wenig, füllen die Deckkarten aus, ich übergebe eine Kopie von Geanies Ahnentafel und die Deckgebühr.

Wir verabreden uns für einen 2. Deckakt am Freitagmittag und fahren dann gen Kleingartach, wo wir völlig k.o. um 21.30 eintreffen. Leider sind alle Verwandten, die auf uns gewartet hatten, schon nach Hause gegangen, so müssen wir allein essen. Spät wird es an diesem Abend nicht, wir sind völlig groggy. Die Hunde sind extrem unruhig, Ede findet überhaupt keine Ruhe – Geanie duftet nun wohl doch zu gut!

Donnerstag, 29.6.2006
Heute ist Ruhetag für alle Beteiligten. Wir gehen mit den Hunden durch die Felder, sind nachmittags zum Kaffee wieder zurück. Abends gehen wir essen, schwätzen später noch ein bisschen, und dann macht sich wieder eine gesunde Müdigkeit bemerkbar.

Freitag, 30.6.2006
Nach einem gemütlichen Frühstück fahren wir los. Diesmal wollen wir nicht über die Autobahn fahren, sondern über die Dörfer. Es wird eine Fahrt durch eine wunderschöne Gegend, wir haben Traumwetter. Kurz vor 12.00 Uhr kommen wir auf dem Hundeplatz an – man erwartet uns schon. Diesmal klappt alles wie am Schnürchen – Geanie ist ganz relaxed, sie legt den Kopf auf Werners Knie, lässt den Sabber laufen, und man sieht es förmlich: sie genießt .... Wenn das jetzt nichts gegeben hat, heiß' ich Willi.

Wir setzen uns noch ein bisschen zusammen, halten noch ein kleines Schwätzchen – natürlich über Boxer, was auch sonst - und dann treten wir den Heimweg an, wieder über die Dörfer. Unterwegs halten wir an zu einem kleinen Picknick, kaufen Kuchen und sind zum Kaffee wieder zurück bei der Familie.

Samstag, 1.7.2006
Wir stehen früh auf, frühstücken noch gemeinsam. Ich räume noch alles auf, packe unsere Sachen, und dann machen wir uns auf den Weg nach Hause.

Gegen 13.00 sind wir wieder in Remscheid, packen unsere Sachen aus, und ich sehe mit Entsetzen, dass ich die homöopathischen Tabletten für Ede bei der Familie vergessen habe. So ein Mist – er dreht mittlerweile richtig durch, nervt Geanie (und auch uns), so dass ich Mitleid mit ihr habe und sie zeitweise zu Schwiegermutter hochschicke.

Sonntag, 2.7.2006
Heute ist einfach nur Ruhe angesagt – beide Hunde liegen angeleint im Garten. Ohne Leine geht gar nichts, Ede ist fürchterlich aufgeregt – er tut mir so leid!

Montag, 3.7.2006
Ich entfliehe dem häuslichen Hundestress und fahre mit zwei Freundinnen zu Ikea. Natürlich muss ich viel erzählen und Fotos zeigen. Ede wird langsam ruhiger – die Standhitze ist wohl endgültig vorbei. Morgen werden wir auf jeden Fall noch aufpassen, dann können wir sie wieder zusammen laufen lassen, denke ich. Auf der Rückfahrt meldet sich unser Tierarzt über Handy, will wissen, wie es gelaufen ist. Am 24.7. können wir zum Ultraschall kommen – wir drücken uns selbst die Daumen, dass sie aufgenommen hat.

Dienstag, 4.7.2006
Keine besonderen Vorkommnisse, bis auf die Tatsache, dass wir die beiden jetzt wieder ohne Leine im Garten herumlaufen lassen können. Ede ist zwar noch ein wenig aufdringlich, aber Geanie zickt ihn dermaßen an, dass er einen großen Bogen um sie herum macht. Nachmittags wir machen wir uns nach dem Kaffee aus dem Staub, fahren mit den Hunden an die Wupper zum Schwimmen. Ede schwimmt wie ein kleiner Seehund, Geanie geht nach anfänglichem Zögern auch rein, aber ihr Hobby wird es nicht. Zumindest sind sie jetzt ein wenig abgekühlt!

Mittwoch, 5.7.2006
Bauchumfang 55 cm
Heute ist Hundeplatz – ohne Geanie, ein komisches
Gefühl. Man lässt uns nicht darüber im Unklaren, dass
man von meinem zu erwartenden Wurf nicht viel hält. Ein
rein gelber Wurf von einem Züchteranfänger, ein relativ
unbekannter Rüde – wenn das mal gut geht... Aber das
wusste ich ja vorher, daher überrascht es mich nicht
wirklich.

Donnerstag, 6.7.2006
Geanie hat heute Geburtstag – sie wird 3 Jahre. Wir
machen uns einen schönen gemütlichen Tag im Garten.
Ede ist wieder völlig normal, die beiden springen herum,
als ob alles beim alten wäre – was ich ja nicht hoffen will.

Freitag, 7.7.2006
Wieder ein sonniger, heißer Gartentag – wir gehen
morgens mit den Hunden unsere Waldrunde, danach
hängen wir nur draußen herum, für was anderes ist es
einfach zu heiß. Wir lassen die zwei ganz in Ruhe, sie
laufen ein bisschen, liegen herum, dösen – sie lassen es
sich gut gehen.

Samstag, 8.7.2006
Werner geht heute früh allein mit Ede spazieren, Geanie
hat sich ein wenig in den Ballen der linken Vorderpfote
geschnitten und humpelt. Also: Gartentag – wie all die
Tage vorher. Werner fährt einkaufen, morgen wollen die
Kinder zum Grillen kommen. Abends gibt's wieder
Fußball-WM im TV – Deutschland wird 3. Ab morgen wird
dann hoffentlich wieder alles normal – es steht mir im
Hals!

Sonntag, 9.7.2006
Heute darf Geanie noch nicht mit in den Wald, ihre Pfote
ist noch nicht wieder heil. Wir halten uns mal wieder im
Garten auf, die Hunde spielen und schlafen im Wechsel.

14

Abends kommen die Kinder, wir grillen, danach ist wieder Fußball-WM – Gott sei Dank das Endspiel. Ich hab' endlich Zeit, die Einträge in diesem Tagebuch nachzuholen – ich führe so ein stressiges Dasein, dass ich keine Zeit dazu hatte.

Immer wieder greife ich zu meinem Züchterbuch und versuche mir vorzustellen, wie es sein wird, wenn kleine Boxerchen um uns herumwuseln. Manchmal hab' ich Angst vor der eigenen Courage und bete nur, dass alles gut geht und unserer Geanie nichts passiert. Ihre Züchterin hat angeboten, bei der Geburt zu helfen – das wäre eine große Erleichterung, ich hab' schon sehr Angst, dass was schief geht. Wenn's dicke kommt, schreib' ich mit ihr e-mails – meistens geht's mir dann besser. Ich lese alles, was mir zwischen die Finger kriege gerät und gerate immer mehr in Panik. Irgendwann lege ich sämtliche Bücher weg – jetzt ist es eh zu spät, jetzt heißt es „Augen zu und durch". Werners größte Sorge ist, dass wir die Kleinen nicht an den Mann bringen werden, aber da bin ich komischerweise recht optimistisch. Sie hergeben zu müssen wird sowieso das Schlimmste bei der ganzen Sache werden.

Montag, 10.7. – Sonntag, 23.7.2006
Keine besonderen Vorkommnisse, bis auf die Tatsache, dass Geanie ein bisschen hellen Ausfluss hat – laut meinen schlauen Büchern ein sicheres Zeichen dafür, dass sie aufgenommen hat. Am Montag, 24.7. um 8.00 ist Ultraschall-Termin, dann sind wir schlauer. Ich habe einen Bekannten vom Hundeplatz gebeten, eine Wurfkiste zu bauen – er hat's versprochen.

Sie hat sich im Wesen doch sehr verändert – grummelt andere Hunde nicht mehr soviel an, sie ist viel duldsamer, sehr angenehm, das findet auch Ede. Ich habe auch das Gefühl, dass sie sich körperlich verändert – man kann es nicht beschreiben, sie wirkt irgendwie weicher, weiblicher.

Am Freitag waren unsere Essener Kinder bei uns – selbst mein ach so cooler Sohn musste Geanie mal das Bäuchlein streicheln ....

Den Sonntag haben wir bei Freunden mit Kaffee und Grillen auf deren Terrasse verbracht. Die Hunde haben sich gut vertragen, selbst deren Rüde und Ede konnten die Spielerei nicht lassen. Geanie war – für ihre Verhältnisse – vornehm zurückhaltend, das heißt, sie hat den heimischen Rüden nur selten angezickt .

Montag, 24.7.2006
Hurra – Geanie wird definitiv Mama! Wir hatten Ultraschall-Termin, und man sieht was! Leider konnte der Tierarzt nicht sagen, wie viele es werden, er will am Samstag noch mal schauen. Geanie war allerdings auch nicht sehr kooperativ, trotz Leberwurst... sie hat den Bauch eingezogen, so dass er auch nichts fühlen konnte. Sie sieht eigentlich aus wie immer, nicht besonders „schwanger". Der Doc meint, viele Babys wären es nicht, womöglich nur einer – wir werden sehen. Samstag gehen wir noch mal hin, vielleicht ist das Bild dann deutlicher. Ein Welpe allein wäre nicht so toll, die Gefahr von Kaiserschnitt ist groß. Ich mach' mir schon wieder Sorgen, obwohl ich mich andererseits auch freue.

Ich habe alle Leute angerufen, die es wissen wollten, e-mails geschrieben und die Homepage entsprechend aktualisiert. Die Zuchtwartin weiß auch Bescheid, ebenso Geanies „Schwiegermutter" und ihre Züchterin sowieso.

Nun geht es an die Vorbereitungen. Ich habe mich mal umgehört, ob ich gegen Ende der Trächtigkeit zufüttern muss – jeder sagt was anderes. Im Buch steht, 60% mehr Energiebedarf, Geanies Züchterin und meine Zuchtwartin füttern überhaupt nicht zu, einer sagt hü, der andere hott. Also muss ich mir da selbst was zusammenstricken.

16

Ich werde nach Gefühl handeln – schließlich bin ich selbst zweimal Mama geworden. So viel anders kann das bei Geanie auch nicht sein ...

Geanies Züchterin empfiehlt mir ein Aufzuchtfutter, aber erst während der letzten Tage, weil es die Milchbildung fördert. Nach der Geburt gibt's Welpenmilch mit Haferflocken, Traubenzucker und Ei – lecker. Nur das Beste für die Mami!

Welpengitter müssen wir dann noch konstruieren – das, was der Zooladen hat, ist mir zu mickrig. Das hält einem Boxerwelpen-Angriff nicht stand ... Ein Bekannter meint, wir sollten mal nach den grünen Zaungitterelementen schauen und die dann mit Kabelbindern verbinden – das wäre genauso gut und wesentlich preiswerter. Mal schauen. Dann müssen wir im zukünftigen Welpenzimmer was tun – Bett abbauen, Fußboden auslegen.

Dienstag, 25.7. – Freitag, 28.7.2006
Alles ruhig und friedlich – die Hunde sind faul, weil es draußen unerträglich heiß ist – etwa 35°. Geanie macht es überhaupt nichts aus, ihr Appetit ist ungebrochen. Ich beobachte sie schon argwöhnisch – womöglich ist sie gar nicht trächtig? Aber dann sind da wieder die kleinen Ausflusströpfchen, da geht's mir gleich besser.

Samstag, 29.7.2006
Heute geht's noch mal zum Ultraschall-Termin. Unser Tierarzt hatte ja befürchtet, es wäre nur 1 Welpe da. Heute ist das Bild deutlich besser – er zählt 4 – 5 Welpis. Wie viele es nun wirklich sind, wird sich dann herausstellen. Wir sind unendlich erleichtert, weil die Kaiserschnitt-Gefahr nun doch geringer ist als bei nur einem Welpen! Außerdem ist es für einen Welpen nicht so toll, ohne Geschwister aufzuwachsen.

17

Sonntag, 30.7.2006
Endlich ist es nicht mehr so schrecklich heiß, und die
Hunde werden schlagartig munterer. Geanie hat immer
noch Lust zum Rennen mit Ede, und der ist happy, dass
es wieder rund geht.

Montag, 31.7.2006
Heute herrschen wieder normale Temperaturen, und ich
muss meine verrückte Geanie bremsen. Sie sprintet mit
Ede durch den Garten, als ob nichts wäre. Allerdings ist
sie schneller müde als sonst, und sie vermeidet auch
große Sprünge über Blumentöpfe etc. Bis jetzt war ihr
noch nicht ein einziges Mal übel. Wenn das so problemlos
weiter geht, wird es eine Bilderbuchschwangerschaft.

Dienstag, 1.8. – Mittwoch, 9.8.06
Bauchumfang 59 cm
Keine besonderen Vorkommnisse – sie wird langsam
rundlich, das Bäuchlein wächst. Wenn man vorsichtig
drüber streichelt, fühlt man kleine Knubbel.

Mittwoch habe ich mit Geanies Züchterin telefoniert – sie
hat fest versprochen, zur Geburt zu uns zu kommen.
Seitdem geht's mir besser, mir ist wohler, wenn jemand
dabei ist, der weiß, was zu tun ist. Sie sagt, wenn sie
anfängt zu hecheln, soll ich anrufen, sie fährt dann gleich
los und ist in 2 ½ Stunden in Remscheid.

Wir waren bei Obi, haben nach Welpengittern geschaut,
aber irgendwie finden wir nichts Gescheites.

Kommende Woche werden wir das größere Zimmer der
Einliegerwohnung leer räumen, dort einen PVC-Boden
auslegen und darauf Seitenwände aus Verlegeplatten
rundherum aufstellen. Für die Wurfkiste habe ich
Einlagen bestellt, die nach dem Windelprinzip
funktionieren. Sie lassen die Nässe nach unten durch,
wenn sie voll sind, werden sie weggeworfen. Mal schauen,
ob das was Gescheites ist.

Leider haben wir noch keine Voranfragen – das ist allerdings bei einem „Nobody" auch nicht zu erwarten. Edes Züchter haben alle Welpen bereits unter Dach und Fach und geben Interessenten für gelbe Welpen unsere Telefonnummer.

Donnerstag, 10.8.2006
Heute haben wir die Wurfkiste bei unseren Bekannten abgeholt. Sie haben sich richtig viel Mühe gegeben – das Ding sieht aus wie ein Kinderbett (was es ja in gewisser Weise auch ist). Ich hab' Leckerli hineingeworfen, Geanie hat sofort alles weggeputzt. Danach hat Ede das Ding inspiziert und für gut befunden. Nachdem ich noch die Kuscheldecken hineingelegt habe, ist Geanie auch zum Schlafen hineingegangen. Ich denke mal, es gibt keine Probleme mit der Kiste.

Freitag, 11.8.2006
Heute ist Großeinkauf angesagt – die restlichen Dinge, die noch erledigt werden müssen, werden heute gekauft. Ich habe den Tierarzt angerufen und wegen Entwurmung gefragt. Er sagt, ich soll in 14 Tagen entwurmen – ich werde mir das Medikament nachher holen, dann habe ich es im Haus, wenn ich es brauche.

Welpenmilch und Aufzuchtfutter ist auch gekauft - ich habe sogar Züchterrabatt bekommen! Mitte nächster Woche werde ich anfangen, Geanie eine Mahlzeit aus dem Aufzuchtfutter zu verabreichen – ich nehme an, sie wird sich freuen - sie ist ein Fressmonster geworden, hat immer Hunger.

Der Tierarzt hat mir eine flüssige Wurmkur für Welpen abgemessen – das bekommt Geanie in 2 Wochen, also 1 Woche vor der Geburt. Ede entwurme ich dann auch gleichzeitig.

Geanie geht's sehr gut, das Bäuchlein ist innerhalb einer Woche von 55 cm auf 59 cm gewachsen. Ich bin schon gespannt, wann man die Bewegungen der Babys fühlen kann. Wir können unsre Hände gar nicht vom Bäuchlein lassen – sie ist so süß damit! Und sie genießt es, gestreichelt zu werden.

Welpengitter hab' ich auch inzwischen bestellt – eine klappbare Geschichte, die ich im Internet gefunden habe. Das zukünftige Welpenzimmer ist leer geräumt, der PVC-Boden ist drin. Nun brauchen wir nur noch eine Umzäunung, dass die Kleinen nicht das ganze Zimmer verwüsten können. Werner denkt an eine Holzumrandung – ich weiß nur nicht, wohin mit den Brettern, wenn die Welpen aus dem Haus sind. Mal schauen, was man so im Baumarkt findet.

Samstag, 12.8.2006
Heute fährt Werner mit Ede allein zum Fährten, und ich mache mit Geanie unsere Runde durchs Hammertal. Wir haben dort einen Jogger mit Schäferhundrüden getroffen – Geanie hat ihn dermaßen angezickt... ich glaube, sie verteidigt schon jetzt ihre Babys.

Um die Mittagszeit gehen wir noch mal mit beiden Hunden um den Hohenhagen. Heute hat sie jede Menge Ausfluss und sitzt alle paar Schritte zum Pipi-Machen. Vielleicht drücken die Babys auf die Blase.

Die Wurfkiste wird momentan vorzugsweise von Ede genutzt, aber ich denke, wenn es soweit ist, wird auch Geanie sie dankend annehmen.

Während des Spaziergangs kommt ein Anruf von einer Welpeninteressentin, die sich vorher Geanie mal anschauen will. Sie will sich noch mal am Nachmittag melden, hat sie aber leider nicht. Schade, aber es wird schon werden. Kriegt eben jemand anderer einen Superboxer...

20

Sonntag, 13.8.2006
Man soll ja nie vorher schimpfen – vorhin hat sie wieder angerufen. Wir haben uns für Mittwochnachmittag verabredet. Bin gespannt, wie ihr Geanie gefällt.

Montag, 14.8.2006
Heute fühle zum 1. Mal, dass sich die Kleinen bewegen! Ich bin so froh....... Es fühlt sich an wie bei Menschen-Babys, ein Klopfen gegen die Hand, so ein kleiner Blubb und eine wellenartige Dehnbewegung, als ob sie sich strecken würden. Jetzt kann ich meine Hände gar nicht mehr von diesem knuffigen Babybäuchlein lassen......

Dienstag, 15.8.2006
Heute werde ich zum 1. Mal die Aufzuchtnahrung und Welpenmilch zufüttern – meine kleine Fressmaschine wird sich freuen.

Die Milchleiste wächst zusehends – es geht in den Endspurt!

Die Welpengitter für den Garten sind auch inzwischen angekommen – wir haben sie mal probeweise aufgebaut, sie sehen stabiler aus, als ich dachte. Geanie beäugt das Ganze ein wenig misstrauisch, geht aber dann noch mal neugierig hinein.

Mittwoch, 16.8.06
Bauchumfang heute 63 cm – es wird!
Heute waren Welpeninteressenten aus Wiehl bei uns – sie haben sich stehenden Fußes in Geanie verliebt und möchten gerne eine kleine Hündin, die aussehen soll wie Mama. Wir haben die Bestellung weitergeleitet – mal sehen, ob alles so kommt, wie wir es möchten. Geanie war superlieb und hat sich von ihrer besten Seite gezeigt.

Sie haben Erkundigungen über Geanie und auch über den Deckrüden eingezogen und auch mit dessen Besitzerin telefoniert. Ich finde das sehr gut, zeigt es doch, dass sie es wirklich ernst meinen. Es sind alte Boxerleute und wollen unbedingt einen Münchner Boxer. Die Interessentin ist zwar schon 73, aber topfit und will auch mit ihr auf den Hundeplatz. Wenn sie mal ausfällt, springen ihre Kinder ein, die direkt nebenan wohnen. Ich denke, man kann ihr einen Welpen anvertrauen.

Donnerstag, 17.8.06
Heute telefoniere ich lange mit Geanies Züchterin – wir gehen die „To-do-list" durch, und sie verspricht noch mal, zur Geburt nach Remscheid zu kommen.

Frau K. aus Wiehl ruft noch mal an, will Geanies Ahnentafel diktiert haben. Ich muss ihr ganz fest versprechen, sofort anzurufen, wenn die Kleinen da sind. Mach' ich doch gerne...

Freitag, 18.8.06
Heute haben wir Werners Geburtstag gefeiert – das letzte Mal volles Haus vor der Geburt. Man merkt Geanie an, dass es ihr zuviel wird. Sie ist fast den ganzen Abend in ihrer Box, während Ede nur herumhampelt und sein Bestes gibt, den Besuch aufzumischen.

Samstag, 19.8.06
Heute hat Werner gemeinsam mit einem Kollegen den „Laufstall" im Welpenzimmer fertig gemacht. Die übrigen Besorgungen sind auch erledigt, es stehen nur noch ein paar homöopathische Medikamente aus, die per Post kommen. Eine DVD über eine Hundegeburt hab' ich mir bestellt, sollte auch in den nächsten Tagen eintrudeln. Ansonsten ist Ruhe angesagt, schöne Spaziergänge an der Flexileine, mehr nicht.

Nachmittags fährt Werner mit Ede Fahrrad – er (Ede, nicht Werner) nervt zur Zeit ein wenig, ist nicht ausgelastet. Ich laufe mit meinem Tönnchen noch eine kleine Runde durch den Wald.

Sie hat immer noch Appetit, freut sich über die zusätzliche Mahlzeit mittags. Seit heute messen wir morgens und abends Fieber – die Temperatur ist stabil bei ca. 37,6°.

Werner hat nun endlich auch die Welpis gespürt – er war schon ganz traurig, dass immer nur ich sie fühlen kann.

Nachts ist sie wieder recht unruhig, wälzt sich viel herum und tritt aus – recht ungemütlich.

Sonntag, 20.8.06
Noch 10 Tage – langsam wird's ernst. Morgens gehen wir eine schöne Runde durchs Hammertal. Ede langweilt sich ein wenig an der Flexi, aber wir wollen jetzt nicht mehr riskieren, dass er womöglich Geanie rempelt. Nachmittags regnet es oft, so dass Werner mit Ede ein bisschen „Hundeplatz" im Garten spielt. Geanie hat keine Lust mehr zum Laufen, liegt lieber faul in ihrer Box herum.

Montag, 21.8. – Freitag, 25.8. 06
Geanies Bäuchlein hat sich während der letzten Tage gewaltig gerundet, die Milchproduktion legt mächtig los, und die Bewegungen der Babys sind jetzt auch zu sehen. Sie strampeln schön kräftig. Geanie erschrickt schon mal, wenn sie es spürt – sie schläft immer noch nachts sehr unruhig. Tagsüber liegt sie fast nur noch in ihrer Box, abends und nachts sucht sie verstärkt unsere Nähe. Die Spaziergänge werden mühsam – bergab geht's recht gut, aber bergauf wird sie doch sehr langsam.

Mittwoch fährt Werner wieder allein mit Ede zum Hundeplatz – Geanie liegt den ganzen Nachmittag an der Tür, wartet auf ihren Ede und schläft keine Minute. Abends sind beide „hundemüde" – aus unterschiedlichen Gründen.

Ebenfalls am Mittwoch sind beide Hunde entwurmt worden – sie vertragen es beide gut. Nachmittags ruft der Tierarzt an und fragt, wie es Geanie geht. Er wollte nur sagen, er wäre nicht im Urlaub und rund um die Uhr zu erreichen. Wir verabreden uns für Anfang der kommenden Woche, um noch mal die Einzelheiten zu besprechen.

In der Nacht von Freitag auf Samstag werden wir von seltsamen Geräuschen im Schlafzimmer wach - Geanie überprüft den Kleiderschrank auf seine Tauglichkeit zur Kinderstube. Ich glaube, ich lasse ihn besser fest geschlossen ....

Die Temperatur ist die ganze Woche über stabil bei durchschnittlich 37,4°.

Samstag, 26.8. und Sonntag, 27.8.06
Sonntag kommt Besuch aus Solingen – eine Bekannte bringt mir ausrangiertes Bettzeug und alte Handtücher für die Welpen. Ede findet sie toll, geht ihr gar nicht mehr vom Schoß. Geanie hätte auch gern ein bisschen getobt, aber der Bauch ist ihr wohl doch sehr im Weg, also verzieht sie sich in ihre Box.

Montag, 28.8.06
Die Spaziergänge werden immer mühsamer – Geanie stellt sich an wie eine Zicke am Strick. Morgen will Werner noch mal mit Ede fährten gehen, dann geh' ich wieder allein mit meinem „Tönnchen".

Nachmittags hole ich mir das Geburtshilfe-Set vom Tierarzt, und damit wären die Vorbereitungen abgeschlossen – es kann losgehen. Der Adrenalinspiegel steigt langsam.

Dienstag, 29.8. – Donnerstag, 31.8.06

Immer noch Ruhe – die Temperatur ist konstant, der Appetit auch, die Welpen strampeln munter in Geanies Bauch herum. Gestern früh hat sie ein wenig Schaum erbrochen, danach aber mit gutem Appetit gefrühstückt. Sie liegt fast nur noch in ihrer Box, ist faul wie die Sünde. Heute haben jede Menge Leute angerufen, um zu hören, wie es ihr geht – sogar mein cooler Sohn ... Um 8.00 hing schon ihre Züchterin am Telefon, später auch die Zuchtwartin. Sie sagt, vor Sonntag brauchen wir uns nicht aufzuregen. Wir rechnen mit Freitag/Samstag Nacht.

Im Internet-Boxerforum machen sie mich irre, sie haben Wetten abgeschlossen, wann die Welpen geboren werden, wie viele und wie sie aussehen. Ich habe einer Menge Leuten versprochen, SMS zu schicken. Ob ich dazu dann allerdings komme....

Dass sie heute noch Ruhe gibt, ist mir ganz lieb – ich habe noch einen Termin beim Arzt wegen einer Ernährungsberatung, den ich ungern verschieben möchte. Passt also alles.

Die Nacht zum Freitag verläuft unruhig – Geanie beginnt zu hecheln, wälzt sich hin und her – wir schlafen alle schlecht, bis auf Ede, der kriegt nichts mit.

Freitag, 1.9.2006

Das Hecheln ist stärker geworden – sie ist in ihre Box geflüchtet und nicht durch Geld und gute Worte zu bewegen, wieder herauszukommen. Das Leberwurstbrot nimmt sie noch an, dann nichts mehr.

Die Temperatur ist seit gestern Abend gesunken. Gegen 9.00 rufe ich ihre Züchterin an, sie verspricht, gegen 12.30 abzufahren und ca. 15.00 in Remscheid einzutreffen. Für den Notfall gibt sie mir genaue Instruktionen – ich hoffe, sie ist vorher da!

Ede liegt wie angetackert vor ihrer Box und kann sich nicht erklären, warum seine Kumpeline heute nicht ansprechbar ist. Um ihn dort weg zu bekommen, müssten wir ihn schon zwingen, also lassen wir die beiden einfach in Ruhe. Geanie beruhigt es ganz offensichtlich, ihren Ede bei sich zu wissen.

Im Forum setzt ein Riesengeschreibsel ein mit guten Wünschen, Daumendrücken usw. Mir ist schlecht vor Aufregung, und mir tut mein armes Hundemädchen so leid – und ich bin schuld daran, dass sie Schmerzen hat! Sie hechelt in einer Tour, zwischendurch schläft sie mal ein wenig, aber das hält nicht an.

12.40 – Geanies Züchterin ruft an, sie fährt jetzt los. Ich rufe sie alle halbe Stunde auf dem Handy an, um sie nach Remscheid zu lotsen. Werner fährt um 15.00 los, um sie unterwegs abzuholen und in die Bogenstraße zu führen.

15.30 – Sie ist heil eingetroffen. Wir sitzen herum, warten und erzählen. Zwischendurch ziehen wir Geanie alle halbe Stunde aus der Box, gehen in den Garten, Pipi und Häufchen machen.

18.30 - Werner fragt, was wir zum Abendbrot möchten – wir einigen uns auf die Gemüsesuppe vom Mittag. Bevor er jedoch in die Küche gehen kann, wird die „Hebamme" auf einmal schnell – der 1. Welpe kündigt sich an, natürlich in der Box (zum Glück in der großen). Werner und ich machen so schnell wie möglich den Deckel ab, und bevor wir irgendwas begreifen, rutscht Geanies Erstgeborener ins Leben.

Die frisch gebackene „Züchter-Oma" zeigt uns, wie man den Welpen auspackt aus, nabelt ab und hält ihn Geanie hin. Sie fängt sofort an, ihn sauber zu lecken. Wir helfen noch ein bisschen mit einem Handtuch nach, dann trage ich ihn zur Wurfkiste – Geanie folgt mir auf dem Fuß. Der Kleine wird sofort angelegt, und Geanie säugt ihn, als ob sie nie was anderes getan hätte. Wir haben alle drei Tränen in den Augen vor Freude und Rührung und können uns nicht satt sehen. Er ist gelb – natürlich, mit schwarzer Maske, einem typvollen Kopf (na ja – Kopf ist ein wenig übertrieben, das KöpfCHEN hat etwa die Größe einer Walnuss), der Kleine wiegt 440 Gramm, ist quicklebendig und krabbelt selbständig in Richtung Milchbar.

19.20 – Der nächste Welpe kündigt sich an – diesmal in der Wurfkiste. Wir schieben Nr.1 auf die Seite und erwarten den Welpen Nr. 2, der dann auch um
19.25 das Licht der Welt erblickt – wieder ein Rüde. Die gleiche Prozedur: auspacken, abnabeln, ablecken lassen, trocken rubbeln, anlegen. Er sieht fast genauso aus wie der 1., hat freundlicherweise zum Unterschied vorn weiße Zehenspitzen, wiegt 480 Gramm und ist genauso fit wie sein Brüderchen.

Viel Zeit bleibt uns nicht zum Genießen – 10 Minuten später kommt Nr. 3 – um
19.35 – wieder ein Rüde!!! Diesmal ein Papa-Kind, der Deckrüde hat sich durchgesetzt. Ein großer Rüde mit markantem Kopf, viel Weiß und 4 weißen Pfötchen, 540 Gramm, putzmunter und ein kleiner Schreihals - in den könnte ich mich vergucken... Aber eigentlich wäre es langsam mal Zeit für eine kleine Hündin, ist ja schließlich bestellt........ Werner und unsere „Hebamme" gehen mit Geanie in den Garten, ich passe derweil auf die Babys auf.

20.20 – wie bestellt – eine kleine Hündin ist geboren – gelb, mit weißem Stirn-Nasenstrich – ein Ebenbild ihrer Mama, mit 420 Gramm ein wenig leichter als ihre Brüder, aber genauso fit. Die Milchbar füllt sich langsam, und Geanie genießt ihre Babys.

Sie liegt völlig relaxed und ruhig in ihrer Wurfkiste, hechelt vor sich hin und bringt mühelos einen stattlichen Welpen nach dem anderen zur Welt, in einem Tempo, dass einem schwindelig wird. Sie ist eine wunderbare Hündin!

Wieder ein Gang in den Garten, und sie kommen im Eiltempo zurück, denn die Zeit drängt ...

20.50 – es geht weiter, wieder ein Rüde – der zweitschwerste mit 520 Gramm, mit einem tollen Kopf, schwarzer Maske, leider mit Knickrute. Wir werden ihn kupieren lassen müssen, die Rute ist wie ein Z geformt. Aber auch für ihn wird sich ein Liebhaber finden, da bin ich sicher. Er wurde spontan „Atze" genannt, keine Ahnung warum, aber der Name passt.

21.10 - Rüde Nr. 5 – ich fass' es nicht! Gelb, mit feinem weißen Stirn- Nasenstrich, 440 Gramm und ein bisschen schlapp von der langen Reise. Wir rubbeln ihn kräftig ab, und er wird schlagartig munter und greift auch mit Appetit auf Mamas leckere Kolestralmilch zurück.

Zwischendurch piept das Handy wie irre, das halbe Forum hängt an der Strippe. Ich tippe eine MMS an Ann-Kathrin mit der Bitte um Weitergabe ans Forum – ich hab' jetzt weder Zeit noch Lust, am PC zu sitzen.

Nun sitzen wir da mit 5 Rüden und einer Hündin, und warten, ob noch was kommt. Geanie presst noch einmal, es kommt noch eine vermisste Plazenta, und dann ist Schluss, der Babybauch ist leer.

Wir sitzen neben der Wurfkiste, staunen und sind einfach nur glücklich, dass Geanie nichts passiert ist und die Welpen gesund sind. Jetzt ist ein Glas Sekt fällig, und dann ist für alle Beteiligten Ruhe angesagt. Werner schläft mit Ede unten im zukünftigen Welpenzimmer, unsere Hebamme auf der Couch und ich nebenan im Schlafzimmer, die Tür steht offen.

Es ist verständlicherweise eine unruhige Nacht. Um 3.00 Uhr nachts knien wir vor der Wurfkiste, helfen Geanie mit den Babys, zeigen ihr, wie sie ihre Kinder sauber machen muss. Sie ekelt sich noch sichtbar davor, die Häufchen aufzulecken. Aber sie wird auch das noch lernen – wir sind sicher, dass sie sich zu einer Supermama entwickeln wird.

Jetzt freuen wir uns auf 8 spannende Wochen, in der die kleinen Paketchen zu richtigen Hundekindern werden. Wir hoffen, dass wir für alle ein gutes Zuhause finden werden.

Ende des Trächtigkeitstagebuches

Welpentagebuch

Samstag, 2.9.2006

Eine viel zu kurze Nacht ist zu Ende – viel geschlafen hat keiner von uns. Wir frühstücken gemeinsam, immer mit Blick auf die Wurfkiste, können uns nicht satt sehen. Danach werden Fotos für die Homepage gemacht, jeder Welpe einzeln. Geanie ist ganz ruhig bei dieser Prozedur, aber sie passt genau auf, was wir mit ihren Babys anstellen. Danach verabschiedet sich ihre Züchterin, wir knuddeln sie noch mal, bedanken uns für ihre Hilfe, dann ist sie weg, und wir sind allein für die Welpen verantwortlich.

Ede findet den ganzen Umtrieb hochinteressant, hängt ständig mit dem Kopf über dem Rand der Wurfkiste und hat Boxerkino. Geanie duldet ihn bei sich, so wie sie auch alle Menschen duldet, die zur Familie gehören. Wir dürfen die Babys hochnehmen, knuddeln, zum Wiegen wegnehmen – alles unter ihren aufmerksamen Blicken.

Der Tag vergeht mit telefonieren, Forumsbesuch (ich muss vieles nachlesen, eine Menge Glückwünsche haben sich angesammelt), unser Jüngster kommt vorbei, will die Kleinen anschauen. Nachmittags kommt der Tierarzt, gibt den Kleinen und ihrer Mama eine Spritze zur Stärkung des Immunsystems und Geanie noch eine weitere zur Reinigung, fühlt auch noch mal ihren Bauch gründlich ab. Die Babys gefallen ihm gut – er will im Lauf der kommenden Woche noch mal vorbeikommen und nach ihnen sehen.

Abends fangen die Kleinen mit einem Mal wie auf Verabredung an zu schreien – Geanie wird hektisch, weiß nicht, wem sie zuerst helfen soll, ekelt sich auch noch, wenn sie die Häufchen wegputzen soll.
Wir schnappen uns die Welpis und massieren kleine kahle Babybäuchlein, bis die Häufchen kommen.

Danach geht's wieder an Mamas Milchbar – sie hatten wohl alle Bauchkneifen.

Wir überlegen, ob wir aus der Flasche zufüttern müssen, wiegen die Kleinen vorsichtshalber. Sie haben alle zugenommen, also reicht Geanies Milch aus, und wir brauchen ihnen keine Flasche zu geben.

Schnell ist der Tag vorbei – Werner schläft bei den Welpen, wenn man das Schlafen nennen kann....

Sonntag, 3.9.2006
Eine 2. unruhige Nacht liegt hinter uns – wir müssen uns erst an das Schmatzen, Piepsen, manchmal auch empörte Geschrei gewöhnen. Es ist erstaunlich, wieviel Lärm solche kleinen Wesen machen können! Gegen Morgen wird es ruhiger, die kleine Bande und ihre gestresste Mama schlafen, Werner auch. Er ist lieb, hat mich bis 8.30 schlafen lassen. Nun geht's mir besser, und ich kann Tag 2 mit unseren Kleinen in Angriff nehmen.

Ich tätige den versprochenen Anruf bei Frau K., die sich für die kleine Hündin interessiert. Sie freut sich riesig, dass ihre „Bestellung" eingetroffen ist und will im Laufe der Woche zu uns kommen, sie wenigstens mal von weitem anschauen.

Geanie ist eine phantastische Mama – als sich erstmal daran gewöhnt hat, die Häufchen ihrer Kinder entsorgen zu müssen, putzt sie sie selbständig der Reihe nach, dreht sie mit der Schnauze um und massiert die Bäuchlein mit der Zunge. Sobald sich eins ihrer Kleinen muckst, kümmert sie sich sofort darum.

Man kann schon Unterschiede erkennen – die zwei größten haben schöne typvolle Köpfe, schade, dass der eine Rüde eine Knickrute hat, aber das sollte nicht das Problem sein. Auch dafür wird sich jemand finden.

Die kleine Hündin sieht aus wie Geanie, ist quicklebendig – sie windet sich wie ein Aal, wenn man versucht, sie zu wiegen. Wir nennen sie erst mal „Sternchen", wegen eines kleinen weißen Tupfers auf der Brust.

Einer der beiden „Dicken", der aussieht wie sein Papa, ist recht rabiat mit seinen Geschwistern. Wenn die an der Milchbar liegen, schiebt er seinen dicken Kopf unter ihnen durch, bis sie der Reihe nach mit einem hörbaren „Plopp" abfallen und er sich die schönste Zitze aussuchen kann. Er hat auch ständig was zu meckern – er hat seinen Spitznamen schnell weg: „Motzki". Wenn der so bleibt, gibt es noch viel zu lachen.

Sein Bruder mit der Knickrute, der bei uns schon „Atze" genannt wird, ist ein ruhigerer Vertreter, die anderen 3 Jungs kann man noch nicht so recht einschätzen – das wird in den kommenden Wochen erst interessant.

Ein Interessent aus Köln hat angerufen wegen eines Rüden. Er sucht eigentlich einen gestromten, ist aber mit dem Angebot nicht so recht zufrieden. Er will sich die Kleinen Mitte September anschauen, wenn er aus dem Urlaub zurück ist. Vielleicht mag er ja auch einen kleinen gelben – mir wäre die Farbe egal, andere Dinge waren mir immer wichtiger.

Nachmittags kommen die Kinder aus Essen, Babys anschauen. Mein Großer hat einen kleinen Welpen in der Hand und schaut ihn ganz verträumt an – ich muss im Stillen grinsen, man kann dem Zauber eines Boxerbabys kaum widerstehen.

Am frühen Abend kommt die Zuchtwartin zur Wurfbesichtigung, stellt noch eine weitere Knickrute bei dem kleinen Mädchen fest (ich bin nicht so recht überzeugt davon). Mal sehen, was Frau K. dazu sagt.

Langsam kommt Routine in den Tagesablauf – abends werden die Welpen gewogen, sie haben alle wieder zugenommen!

Heute bin ich wieder dran mit „Nachtschicht", und Werner darf schlafen.

Mitten in der Nacht schreckt Geanie hoch, springt mit einem Riesensatz aus der Wurfkiste, rennt zur Tür – ich falle bald von der Couch vor Schreck, sause hinterher, schnapp' mir Werners Jacke, irgendwelche Schuhe, Taschenlampe und Leine. Geanie rennt im Sturmschritt in den Garten, schafft es nicht mal bis zur Pipi-Ecke und muss schon vorher laufen lassen. Danach geht's im Galopp bis hinten durch, sie hat ein wenig Durchfall, vielleicht von der Welpenmilch? Danach geht's wieder im Eiltempo zurück in die Wurfkiste. Nun bin ich hellwach – nächtliche Wanderungen gehören nicht zu meinem Repertoire ...

Morgens um 5.00 kommt Werner ins Wohnzimmer – er hat ausgeschlafen, und ich darf noch für 2 Stunden in mein eigenes Bett. Ich schnapp' mir mein Bettzeug und schlafe in Sekundenbruchteilen ein.

Montag, 4.9.2006
Das Zusammenleben wird relaxter – Geanie verlässt nun inzwischen auch zum Fressen und auch mal kurzzeitig zwischendurch die Wurfkiste. Die Welpen haben sich schon ein wenig verändert – bei „Motzki" bekommt die rosa Nase langsam dunkle Flecken, wo sich das Pigment bildet. Die Ohren sehen abenteuerlich aus, werden allmählich zu Schlappohren, wobei manchmal schon eines „schlappt" und das andere noch steht – einfach nur süß.

Der Tag vergeht mit trinken, schlafen, putzen – Geanie ist im Mama-Stress und bewältigt alles souverän.

Sie bekommt jetzt wieder feste Nahrung – ich gebe ihr das Welpenfutter mit Welpenmilch, damit sie schön viel Milch für die Kleinen bekommt. Deren Gewichtszunahme nach zu urteilen, werden alle satt.

Nachts darf ich wieder in mein Bett – Werner ist dran mit „Couch-Dienst". Die Nacht ist ruhig, es kristallisiert sich langsam ein Rhythmus heraus.

Dienstag, 5.9.2006
Eine Bekannte aus Norddeutschland hat sich gemeldet – sie will die Ohren offen halten, wer einen Welpen sucht. Mal schauen, ob da was kommt. Im Moment mag ich noch gar nicht daran denken, aber das ändert sich wahrscheinlich im Laufe der nächsten Wochen.

Langsam müssen wir uns auch mal Gedanken über Namen machen – das wird schwierig... nichts ist uns gut genug!

Frau K. hat angerufen, hat sich für die Fotos von „Sternchen" bedankt und meint, sie braucht dann diese Woche nicht zu kommen, sondern will lieber warten bis Mitte des Monats. Das ist mir auch lieber, soviel fremde Leute müssen im Moment nicht sein. Ich habe sie auf die eventuelle Knickrute hingewiesen und dass man das eventuell in ein paar Wochen kupieren muss. Sie fragte, was das kostet, und ich habe gesagt, dass das selbstverständlich unser Problem ist.

Im Forum haben sie um mehr Fotos gebeten – wir werden heute noch mal Einzelfotos machen.

Tja, die Einzelfotos – nicht so einfach .... Sternchen macht es uns leicht, weil sie schläft, Rüde Nr. 1 geht gar nicht, er zappelt so, dass wir nur verschwommenes Zeugs auf der Kamera haben. Die anderen gehen so einigermaßen. Ich schicke Frau K. Fotos von der Kleinen, wie versprochen.

Das Wiegen ist wieder mal abenteuerlich. Alle sind putzmunter, die Waage wackelt hin und her, aber alle haben schön zugenommen, sind alle über 600 Gramm, die beiden Dicken sogar 680 Gramm – klasse.

Mittwoch, 6.9.2006
Bin eine tolle „Nachtwächterin" – kaum lag ich auf der Couch, war ich schon weg. Das leise Schmatzen und Piepsen aus der Wurfkiste wirkt so einschläfernd.... Vor dem Einschlafen habe ich die Kleinen noch sortiert, damit Geanie sich nicht drauf legt, und dann haben wir alle geschlafen. Ede lag an meinem Fußende – alles war sehr gemütlich.

Um 7.00 ist die Nacht vorbei – Ede muss 'raus, Geanie wird auch wach, die Welpis schlafen noch zusammen-gekuschelt, manchmal piepst eins leise im Schlaf. Mir tut vom Liegen auf der Couch mein Kreuz weh – aber der Anblick der süßen Knuffels entschädigt mich dafür. Wir schauen sie uns erstmal ein paar Minuten in Ruhe an, bevor wir zur Tagesordnung übergehen. Sie verändern sich wirklich über Nacht – die Pigmentierung des rosa Schnäuzchens geht voran, die kleinen Krallen wachsen, und die Köpfe werden zusehends dicker – sie sind alle wunderschön.

Wir frühstücken, Geanie verlässt für ihr heiß geliebtes morgendliches Leberwurstbrot ausnahmsweise mal die Wurfkiste, dann geht Werner mit Ede spazieren. Ich erledige derweil fix den nötigsten Haushaltskram, Geanie füttert ihren Nachwuchs, der sich wie eine Horde Piranhas auf sie stürzt.

Unglaublich, welche Energie so kleine Wesen entwickeln können – das ist ein Geschmatze und Geschnappe, zum Schieflachen! Am besten sind mal wieder die beiden „Dicken" – die schieben wieder alle ihre Geschwister zur Seite und suchen sich die beste Zapfsäule aus.

Diesmal haben sie sich geirrt – ich nehme sie weg und setze sie an je eine etwas schwergängigere Zitze an, weil sie die kräftigsten sind und ich große Angst vor einer Milchdrüsenentzündung habe.

Ede und Werner sind wieder da – nun gibt's Frühstück für die Hunde, die Töpfe sind im Nu leer. Ich schaue in die Wurfkiste und sehe, dass Rüde Nr. 1 fest schläft. Jetzt oder nie ist die Gelegenheit für ein Einzelfoto!! Ich mache die Kamera klar, Werner nimmt ihn vooooooooooorsichtig aus der Wurfkiste ...zack, ist er wach – Mist! Aber ich schaffe mit Hangen und Würgen zwei Fotos – beim Betrachten fallen mir die ausgeprägten Augenbrauen auf, und Rüde Nr. 1 hat auch seinen Namen weg: „Waigel"!

Bevor das mit den Spitznamen ausartet, müssen wir mal ernsthaft über Namen nachdenken. Atze bleibt Atze, denke ich mal – das passt zu ihm. Aber der Rest .... schwierig. Mir gefällt Adrian, Alois, Artus, Armstrong und natürlich Atze. Mal sehen, was Werner meint.

Während des Vormittags ruft mal wieder Frau K. an – sie hat sich schlau gemacht bezüglich der Knickrute und möchte, dass es so schnell wie möglich fachgerecht kupiert wird und empfiehlt mir dazu einen alten Tierarzt aus Hückeswagen, von dem ich noch nie was gehört habe. Ich telefoniere mit meiner Zuchtwartin und versuche, den Tierarzt zu erreichen. Die Zuchtwartin sagt mir, dass das jetzt ohnehin zu spät ist und man es jetzt erst wieder etwa mit 7 Wochen machen kann. Das ist mir auch wesentlich lieber. Abends erreiche ich den Tierarzt, der sagt mir das gleiche und verspricht, morgen Abend vorbeizukommen und sich die Sache anzuschauen.

Dass bei Atze was gemacht werden muss, ist klar – die Rute sieht aus wie ein Blitz ..., nur bei Sternchen bin ich mir unsicher.

Ich telefoniere abends noch lange mit Geanies Züchterin – die beruhigt mich erstmal und sagt, dass das kein Verkaufshindernis sein muss (eher im Gegenteil....). Viele Leute haben sich noch nicht von der Vergangenheit verabschiedet und wünschen sich einen kupierten Boxer. Naja, dem kann anscheinend abgeholfen werden...

Abends wiege ich die kleine Bande – alle haben wieder zugenommen, Atze wiegt schon über 800 Gramm, der kleine Specki!

Donnerstag, 7.9.06
War das schön, in meinem Bett schlafen zu dürfen! Um 22.30 war ich so müde, dass ich mich verkrümelt habe. Mein Kopf schlief schon, während meine Füße noch aus dem Bett hingen. Die Nacht war ruhig, einmal musste Geanie raus – ihr Verdauungssystem spielt ein wenig verrückt aufgrund der größeren Futter- und Wasser-menge. Zum Glück ist es warm und trocken, da macht es nicht so viel aus (mir sowieso nicht, Werner war ja dran).

Wir frühstücken, Werner fährt mit Ede suchen, ich mach' die Wurfkiste sauber, kontrolliere Geanies Gesäuge, das nach der Nacht ziemlich schwer ist. Ein paar Kratzer sind auch zu sehen, ich schmiere Penatencreme drauf und schaue mir die Krallen der Kleinen an. Da muss dringend was gemacht werden! Ich teste mal mit meiner Nagelschere, aber die eignet sich dazu nicht, diese winzigen Krällchen sind verflixt hart! Ich muss mir ein anderes Werkzeug zulegen. Außerdem hält der kleine Wicht nicht still - das wird 'ne lustige Aktion!

Erst mal hängt die kleine Rasselbande wieder an der Milchbar und sorgt für Mamas Erleichterung.

Heute Abend will der Tierarzt noch mal vorbei kommen und nach der kleinen Familie schauen. Ich hab' ihn im Verdacht, dass er nur Welpen knuddeln will......

Der Tierarzt hat angerufen, er musste zu einem Notfall und kommt erst morgen – auch egal, wir laufen ja nicht weg.

Abends „schenkt" Werner mir den Nachtdienst mit der Bemerkung, dass ich eh' nicht wach werde, wenn was ist – ist mir ja peinlich, aber was kann ich dafür, wenn ich so fest schlafe.... Ich frage mich nur, wovon ich so müde bin – eigentlich sitze ich nur herum und schaue mir die Kleinen an, hindere Geanie daran, permanent aus der Kiste zu hüpfen, sobald die Babys schlafen, mache Futter, säubere –zig mal am Tag die Unterlagen in der Wurfkiste... irgendwas ist immer, das merkt man erst abends, wenn man vor Müdigkeit fast umfällt.

Wir stellen fest, dass eine Zitze hart ist und kaum etwas herauskommt. Ich versuche, ein wenig zu massieren, aber mit mäßigem Erfolg. Abtrinken wollen die Kleinen auch nicht, weil es nur schwer geht. Morgen kommt ohnehin der Tierarzt, dann sehen wir weiter. Inzwischen kühle ich mit essigsaurer Tonerde.

Freitag, 8.9.2006
Heute früh haben wir erst mal versucht, Atze die harte Zitze schmackhaft zu machen, aber er nuckelt nur unlustig dran herum. Ich teste – es kommt nur sehr wenig Milch. Mal sehen, was der Doc nachher meint. Temperatur hat Geanie jedenfalls nicht.

Während wir die anderen der Reihe nach an diese blöde Zitze legen, sehe ich auf einmal ein Blinzeln – Nr. 1 öffnet die Augen!!! Ich schrei' nach Werner, der kommt angerannt und denkt Wunder was passiert ist und muss den Kleinen dann mal ganz schnell knuddeln.

Anschließend geht er mit Ede spazieren, und ich schnappe mir einen Welpen nach dem anderen und kürze die Krallen – eine Sisyphus-Arbeit, aber es muss sein – die Kratzer am Gesäuge nehmen zu.

Frau K. ruft schon wieder an und will wissen, was der Tierarzt gesagt hat. Ich vertröste sie auf Mittags. Sie sagt, sie nimmt den Hund nur, wenn er ordentlich kupiert ist. Sie will keinen Hund mit einer hängenden Rute, sonst nimmt sie einen aus einem anderen Zwinger. Langsam werde ich nervös - ich hoffe mal, das gibt keine Probleme.

Der Tierarzt war da – es sieht so aus, als ob wirklich 3 Welpen mit einer Knickrute gestraft sind – ist das ein Mist!!!! Da hat der Papa aber kräftig zugelangt – er hat selbst eine kupierte Knickrute und sie wohl freigebig vererbt... Wir werden sie aber erst später kupieren lassen – eine Narkose bei so einem jungen Welpen ist einfach zu gefährlich.

Werner kommt vom HuPla zurück und hat Currywurst, Schaschlik und Pommes dabei – heute wird gesündigt!!

Wir versuchen wieder, Fotos zu machen – es gelingt uns einigermaßen, als alle Welpis müde sind.

Der Abend vergeht mit Umschlägen auf die harte Zitze, Motzki immer wieder anlegen (der saugt am kräftigsten). Am Ende tut mir das Genick weh – ich bin fix und alle.

Heute bin ich wieder dran mit Couch-Horchdienst. Ich mache den Kleinen die Wärmelampe an, es wird nachts doch schon recht kühl. Es ist Vollmond, und im Zimmer ist es taghell – super. Ich gucke noch ein bisschen TV, dann lese ich noch ein Weilchen – es ist mittlerweile 1.00 Uhr, als ich versuche zu schlafen.

Um 2.00 werde ich von einem wilden Getümmel wach: als ob einer der Kleinen den Startschuss gegeben hätte, machen sich alle in Richtung Geanie auf den Weg und fallen über Mamas Milchbar her. Das ist wirklich eine Schlacht am kalten Büffet – sie krabbeln übereinander, klettern auf Geanie, kugeln wieder herunter, maulen und schimpfen (Motzki immer vorneweg). Das Ganze dauert etwa ½ Stunde, dann ist wieder Schlafen angesagt. Um 4.00 springt Geanie wieder aus der Kiste und will 'raus – Werner erbarmt sich, bleibt dann an meiner Stelle auf der Couch, und ich darf noch ein bisschen schlafen.

Samstag, 9.9.2006
Meine zwei- und vierbeinige Familie war lieb – sie haben mich bis 8.00 schlafen lassen. Mir tun sämtliche Knochen weh, vor allem der Nacken vom ständigen Hängen über dem Rand der Wurfkiste.

Wir frühstücken, und weil Samstag ist, bekommen die Hunde ein Brötchen mit Leberwurst und ein Ei – Geanie tut so, als ob sie wochenlang nichts bekommen hätte.

Werner muss heute arbeiten, geht vorher mit Ede noch eine Runde, ich mache derweil die Wurfkiste sauber. So langsam gehen bei fast allen Babys die Augen auf – das ist soooo süß....

Der restliche Samstag ist ruhig, nachmittags übernimmt Werner die Welpenwache, ich darf mal eine Stunde in die Sonne und nehme Ede mit – er tobt begeistert im Garten herum, vertikutiert mal wieder den Rasen, springt mit Schwung in sein Planschbecken, von da aus nass unter den Wacholderstrauch, gräbt dort das vorhandene Loch noch ein wenig tiefer und kommt dreckig und speckig wieder zum Vorschein.

Bei Geanie spielen die Hormone verrückt – ich kann sie nur angeleint mit in den Garten nehmen – sie gräbt wie irre überall Löcher und gehorcht überhaupt nicht, wenn ich sie rufe. Sie ist wahrscheinlich mit der Versorgung der schlafmützigen kleinen Gesellschaft nicht ausgelastet, sie geht rein in die Wurfkiste, Babys füttern und säubern, raus aus der Wurfkiste, will in den Garten. Wenn sie dort ist, dreht sie sich auf dem Absatz herum, will wieder zu ihren Babys, steht vor der Wurfkiste, guckt, alles ok, wieder ab zur Tür. Meine Süße nervt ...

Sonntag, 10.9.06
Heute bin ich wieder ausgeschlafen – hab' nichts gehört und gesehen. Irgendwann lag Ede in meinem Bett, ich habe ihn nicht bemerkt.

Nachmittags kommt Frau K. mit Sohn, Schwiegertochter und Enkelinnen – die kleine Aika mal in natura anschauen. Ich lasse sie mal einen Blick um die Ecke in die Wurfkiste werfen und zeige ihnen die Kleine aus gebührendem Abstand. Sie sind begeistert und können die Zeit kaum abwarten.

Abends wird wieder gewogen – Atze ist der dickste Brocken, er wiegt 1.020 Gramm und hat somit sein Geburtsgewicht von 520 Gramm nahezu verdoppelt. Die anderen sind ihm dicht auf den Fersen; mit 940, 2 x 920, 900, 840 (Aika) Gramm haben alle tüchtig zugelegt.

Die Augen sind mittlerweile bei allen ein Stückchen geöffnet. Die kleine Aika versucht, auf die Beine zu kommen, kippt aber immer gleich wieder um, kugelt laut quiekend durch die Wurfkiste, ihre Mama kommt angerannt. Kind ist in Ordnung, Mama geht wieder.

Aika trinkt dermaßen gierig, dass sie hinterher jedes Mal „Bäuerchen" macht, dann kommen ein paar Tropfen Milch durch die Nase wieder raus.

Auch der dicke Atze kriegt den Hals nicht voll, schaufelt alle Geschwister zur Seite und sucht sich erstmal die gehaltvollste Zitze aus. Ich bin gespannt, wie lange Geanie das noch schafft, ohne dass wir Flaschen geben müssen – sie bekommt inzwischen 4 – 5 Mahlzeiten am Tag. Ende der Woche werden wir den Welpen zum 1. Mal ein wenig Welpenfutter geben – auf DIE Sauerei bin ich schon gespannt.

Montag, 11.09.06
Ich hab' kaum geschlafen bis 3.00, es ist zu hell im Raum. Ich lasse den Kleinen nachts die Wärmelampe an, es wird recht kühl nachts. Um 5.00 löst Werner mich ab, und ich bekomme noch 2 ½ Stunden Ruhe.

Es ist schon zur Routine geworden: frühstücken, während die Hunde fressen, die Wurfkiste sauber machen, neue Tücher 'rein, Werner die Welpis wieder abnehmen, mit denen er gerade so schön knuddelt, und schon kommt Geanie wieder angelaufen, um ihre Kleinen zu säugen.

Nachmittags kommt plötzlich ein Alarmruf von Werner, der neben der Wurfkiste sitzt und den Kleinen beim Futtern zuschaut: „komm mal schnell, hier ist alles vollgesch...!!!!" Seit heute früh warte ich darauf, und jetzt müssen alle auf einmal – Geanie kommt gar nicht nach mit dem Säubern. Ich kann mir vorstellen, dass sie auch nicht soooo wild auf's Sch... fressen ist und greife nach den Kleenextüchern. Nachdem alle wieder schön sauber in ihrem Karton liegen, wo wir sie immer vorübergehend aufbewahren, säubere ich zum x-ten Mal die Wurfkiste, werfe das ganze Zeug raus (die Waschmittelindustrie schreit Hurra), lege sie wieder mit neuen Tüchern aus und packe die kleine Gesellschaft wieder zurück. Geanie betrachtet das Ganze sehr aufmerksam und legt nur noch letzte „Zunge" an. Jetzt liegen sie wieder alle da, mit leeren Därmen und vollem Magen und schlafen.

Abends ist wieder Wiegestunde – sie sind jetzt 10 Tage alt und sollten ihr Geburtsgewicht verdoppelt haben. Das haben alle bis auf ein paar Gramm geschafft, einige sind sogar drüber weg. Sie versuchen immer öfter, auf die Beine zu kommen. Der Geruchssinn scheint auch zu erwachen, sie untersuchen jedenfalls genauestens ihre Unterlage, schnuffeln ihre Geschwister ab und versuchen erfolglos, Milch aus ihnen zu zapfen. Mein dicker Atze ist da erbarmungslos, er robbt im Eiltempo durch die Wurfkiste, nuckelt mal an seinen Brüderchen, woraufhin die netterweise Pipi machen. Ich muss ihn da wegnehmen, hinterher saugt er denen noch was weg...!

Die Nacht ist ruhig (wenigstens für mich), ich höre und sehe nichts. ICH LIEBE MEIN BETT!

Dienstag, 12.09.2006
Die kleine Bande hat ruhig geschlafen, das tut sie um 7.30 auch immer noch – bis auf Atze. Der ist mal wieder „auf Tour" durch die Wurfkiste, kann auch schon 2 Schrittchen wackeln und fällt dann schimpfend um. Geanie lässt ihn trinken, und langsam werden auch die anderen wach und fallen über ihre Mama her. Ich serviere meiner Madame das Frühstück im Bett – alles, was vorn hinein geht, futtern die Welpen wieder heraus. Offenbar werden auch alle satt, wie die Waage zeigt.

Der Vormittag geht ruhig vorbei; die Kleinen sind zwischendurch schon recht munter, alle haben die Augen auf und scheinen sie auch langsam benutzen zu können. Sie untersuchen ihre Geschwister mit dem Mäulchen, versuchen zu laufen, fallen um und rollen laut quiekend wie kleine Fellbällchen durch die Wurfkiste, rappeln sich wieder auf und versuchen es weiter. Sie sind auch zwischendurch deutlich länger wach – das wird wohl die letzte halbwegs ruhige Woche gewesen sein, zumal sie natürlich auch nachts nicht durchschlafen.

43

Soeben habe ich eine Welpenanfrage für einen Rüden in meinen e-mails gefunden – sie scheinen Anfänger in puncto Boxer zu sein. Aber egal, wenn sie Interesse haben, werden wir sie uns anschauen und dann entscheiden, ob sie eins unserer Babys bekommen. Wir haben ja auch mal ahnungslos angefangen.

Gerade haben wir noch mal versucht, ob Geanie den Garten mittlerweile in Ruhe lässt – nein, alles unverändert: sie buddelt ...... also weiterhin mit Leine raus.

Vorhin haben die Welpeninteressenten noch mal angerufen – sie wünschen sich einen kräftigen Rüden, der Fraule bewacht, wenn der Chef nicht zu Hause ist. Sie möchten einen Familienhund, der im Haus lebt – kein Zwinger. Sie werden Ende des Monats kommen und sich Atze anschauen, der ihnen besonders gut gefällt.
Dass er kupiert werden muss, finden sie nicht schlimm. Der Mann ist mit Boxern aufgewachsen, und seine Eltern haben auch jetzt noch einen Boxerrüden, so dass für Gesellschaft wohl gesorgt ist. Wir werden uns die Leute anschauen – erstmal haben wir Atze für sie reserviert.

Es fällt mir unendlich schwer, daran zu denken, dass die Kleinen irgendwann nicht mehr bei uns sein werden, auch wenn es so gedacht ist. Man investiert soviel Liebe, dass einen das nicht unberührt lassen kann.

Es kommt natürlich auch jetzt mal wieder alles gleichzeitig – ich telefoniere mit dem Interessenten, Schwiegermutter kommt ins Wohnzimmer, will mich etwas fragen, die Welpen haben gerade gemeinsames K...stündchen und rutschen auf dem Bauch schön mitten durch und danach kreuz und quer durch die Wurfkiste, Geanie merkt nichts, weil sie gerade mit Ede unter'm Esstisch liegt, und Werner ist im Keller und kann auch nicht helfen – na super. Ich hole tief Luft und erledige schön eins nach dem anderen...

Abends beim Wiegen haben alle bis auf Aika über 1000 Gramm, aber sie ist mit 960 Gramm auch nahe dran. Die Kleine frisst immer noch so gierig, als ob's morgen Krieg gäbe. Dann bekommt sie Schluckauf und spuckt immer ein wenig – wie ein Menschenbaby. Die Jungs fallen regelrecht über ihre Mama her – das ist eine Schmatzerei jedes Mal, einfach nur herrlich. Zwischendurch werden sie so hektisch, dass sie kaum noch in der Lage sind, die Zitze zu finden – dann müssen wir „sortieren".

Mittwoch, 13.09.2006
Warum haben wir die Couch nicht schon früher ausgezogen??? Ich habe diese Nacht doch etwas besser geschlafen, aber das Geschmatze und Gepiepse während der ganzen Nacht hält mich lange wach. Außerdem ist mir die Unterlage zu hart – mein Rücken schmerzt.
Gegen Morgen schläft die kleine Bande ganz fest, und Werner muss mich wecken, so tief schlafe auch ich.

Das übliche Morgenritual vollzieht sich; Geanie füttert die Kleinen, danach schlafen sie wieder, so dass ich die Wurfkiste erst später sauber machen kann.

Werner und Ede sind zurück, die Babys werden auch wach, und ich packe sie in ihr „Zwischendurchzuhause", den Einkaufskorb, um die Wurfkiste sauber zu machen. Bevor ich sie alle wieder hineinsetze, muss ich jeden einzelnen unbedingt knuddeln. Ich habe gerade Atze auf dem Arm, da kommt Geanie, leckt ihm das Bäuchlein und prompt pieselt er mir über's T-shirt und die Hose. Erstaunlich, wie viel Flüssigkeit in so einem kleinen Kerlchen steckt! Also, umziehen, Babys in die Wurfkiste, Geanie hinterher, um sie zu füttern. Was dabei unvermeidbar ist, geschieht: sie „häufeln" auf die schöne saubere Einlage – das macht offenbar mehr Spaß als auf die alte Unterlage. Also, weg mit dem Zeug – und wieder eine Waschmaschine voll. Man sollte dem Erfinder von Waschmaschine und Trockner ein Denkmal setzen...

Die Fortschritte, die sie machen, sind jeden Tag wieder zu sehen. Alle haben die Augen weit offen und schauen uns an – herzerweichend... Alle versuchen, auf die Beine zu kommen, Motzki schafft schon 2 Schrittchen in Richtung Geanie, kippt wieder um und motzt mal wieder – was auch sonst... Auch Aika übt schon fleißig – sie hat ja auch nicht so viel zu schleppen wie die Jungs.

Der Nachmittag ist ziemlich langweilig – die kleine Bande schläft und frisst, Geanie will –zig mal am Tag in den Garten, macht aber weder Pipi noch größere Geschäfte. Am Nachmittag lässt sie sich gnädig herab, und ein riesig langer Bach läuft über den trockenen Boden. Schade, dass wir nicht im Garten sitzen können – es ist so tolles Sommerwetter.
Aber ich mag die Kleinen nicht im Haus allein lassen, und Werner ist mit Ede zum Hundeplatz. Also bin ich ans Haus getackert.

Wenn sie wach werden, geht für ein paar Minuten alles drunter und drüber. Sie sehen sich jetzt, krabbeln und stolpern aufeinander zu, kugeln übereinander, saugen sich an diversen Körperteilen der Geschwister fest – besonders Atze ist hier führend. Er ist dauernd hungrig, hat leicht kannibalistische Neigungen und hat auch wieder gut zugelegt auf 1180 Gramm.

Von seiner zukünftigen Familie bekomme ich eine e-mail nach der anderen mit jeder Menge Fragen. Ich find's gut – so sieht man wenigstens, dass sie sich mit ihrem zukünftigen Familienmitglied gedanklich beschäftigen. Es hört sich alles ganz gut an, und ich hoffe, dass sie einander mögen, wenn sie am 20.9. zu uns kommen.

Das Welpenknuddeln mit Freunden aus Bielefeld wird sicherlich am 3.10. stattfinden, zwei davon kommen auf dem Rückweg von der Deutschen Meisterschaft bei uns vorbei.

Ich bin froh, wenn die „Quarantänezeit " vorbei ist, langsam brauche ich mal ein paar Menschen um mich herum.

Donnerstag, 14.09.2006

Die Kleinen schlafen wieder fest, als wir aufstehen. So können wir ungestört frühstücken, aber danach geht's wieder rund. Geanie muss schon was aushalten, wenn die kleine Bande über sie herfällt! Vor allem der dicke Atze piesackt alles, was ihm in die Quere kommt – er saugt alles in sich ein wie ein Staubsauger (vielleicht hätten wir ihn „Hoover" nennen sollen …).

Während des Vormittags wechselt das Geschehen in der Wurfkiste zwischen langen Schlafphasen, unterbrochen von wildem Getümmel, wenn Mama kommt, vermischt mit holprigen Laufversuchen. Atze versucht sein Bestes, aber sein dickes Bäuchlein ist recht schwer.

Wir nehmen die Kleinen abwechselnd aus der Kiste auf den Arm, streicheln sie, schmusen mit ihnen – sie genießen es, und keiner mault. Sie sind sooo schön weich und kuschelig, man mag sie gar nicht zurücklegen. Und sie riechen so gut – schade, dass man den Welpenduft nicht konservieren kann. Es ist unglaublich süß, wenn sie einen mit ihren (noch) blauen Augen anschauen! Geanie beäugt das Ganze aufmerksam, und Ede kommt schnuppern. Wir halten ihm die Welpen zur Begutachtung hin, er schnuffelt sie ab und würde ihnen gern in die Kiste folgen, aber da macht Geanie ihm unmissverständlich klar, dass am Einstieg für ihn Endstation ist.

Mittags ist mal wieder gemeinschaftliches „Häufeln" angesagt – sie versuchen schon, sich zu diesem Zweck hinzuhocken. Sieht witzig aus, wenn sie mittendrin umfallen! Es ist schon recht schwer, ein großer Boxer zu werden!

47

Es ist so tolles Sommerwetter heute – ich versuche noch mal, Geanie mit in den Garten zu nehmen. Die Kleinen wurden gerade gefüttert und schlafen, Werner passt auf – die Gelegenheit ist günstig. Ede ist mit Oma schon draußen und freut sich, dass seine Kumpeline wieder da ist. Er kommt auch gleich mit seinem Quietschi an, und Geanie lässt sich animieren und rennt mit ihm ein paar Runden durch den Garten – Gott sei Dank, langsam scheint sie wieder „normal" zu werden! Zwischendurch versucht sie immer wieder, Löcher zu buddeln, aber ich schaffe es gemeinsam mit Ede, sie zum Spielen zu animieren. Später liegen beide neben meinem Liegestuhl, sichtlich zufrieden.

Bevor wir wieder zu den Kleinen gehen, ist gründliche Reinigung angesagt; beide werden gründlich abgewaschen. Die Babys sind auch gerade wieder wach geworden, so dass wir zur „Fütterung der Raubtiere" wieder pünktlich zur Stelle sind. Atze saugt schon wieder an seinen Geschwistern herum – man muss elend aufpassen, sonst haben sie Knutschflecken an den unmöglichsten Stellen! Das kann ja heiter werden!

Werner ist zum Tennis gefahren, reichlich mit Aufträgen versehen. Der Ärmste muss einkaufen und beim Tierarzt vorbeifahren und Wurmkur für die Babys mitbringen. Sie sind morgen 14 Tage alt und werden zum 1. Mal entwurmt.

Ein schöner ruhiger Abend, die Babys schlafen. Kurz bevor wir das gleiche tun möchten, werden alle auf einen Schlag wach und verlangen lautstark nach der inzwischen wieder gut gefüllten Milchbar ihrer Mama. Also warten wir mit dem Schlafengehen noch ein wenig, bis alle satt sind und wie die vollgesaugten Zecken von Geanies Zitzen abfallen.

Um 1.00 schau' ich immer noch auf die Uhr – ich kriege mal wieder kein Auge zu, höre jeden Pieps. Außerdem ist es viel zu warm im Zimmer, aber wegen der Kleinen kann ich die Fenster nicht aufreißen. Ede hat sich mit Werner ins Schlafzimmer verzogen und sägt, dass sich die Balken biegen. Ich beneide ihn glühend. Irgendwann schlafe ich ein, bin fast jede Stunde wieder wach und froh, als um 6.30 Werners Wecker klingelt.

Freitag, 15.09.2006
Werner und Ede sind fährten, ich mache schnell Ordnung, Geanie füttert ihre Kinder, danach schläft die kleine Familie noch ein bisschen. Gemeinheit, alle dürfen schlafen, nur ich nicht... Das ist für mich das Schwerste bei der ganzen Geschichte: der Schlafmangel. Aber es hilft ja nichts, wir wussten es ja vorher.
Heute bekommen die Kleinen die 1. Wurmkur verpasst. Es geht ganz leicht – ich hatte es mir viel schlimmer vorgestellt. Ein bisschen Banminth-Paste auf den Finger, ein Mäulchen auf, und hinein in die Luke. Scheint zu schmecken, jedenfalls schleckern alle das Zeugs problemlos auf. Jetzt hoffe ich mal, dass alle es auch vertragen. Danach noch ein Schlückchen Milch von Mama, und alle schlafen schon wieder. Geanie hat auch viel Schlaf nachzuholen, die arme Maus hat wirklich einen 24-Stunden-Tag mit ihren Kindern, und sie macht es toll!

Langsam scheinen die Hormone wieder ins Gleichgewicht zu kommen – heute hat sie zum 1. Mal den Staubsauger wieder angezickt! Ich habe mich richtig gefreut – sie war mir schon fast zu brav, so was bin ich gar nicht gewöhnt...

Immer wenn sie wach sind, hole ich mir ein anderes Baby zum Schmusen aus der Wurfkiste. Es ist einmalig schön, wenn sie sich zutraulich in die Halsbeuge kuscheln und dort einschlafen – das Gefühl ist mit Geld nicht zu bezahlen. Vor allem die kleine Aika und der sonst so großmäulige Motzki kuscheln gerne.

Der A-Wurf wird auf
den Weg gebracht

Die A's v.d. Müngstener Brücke
sind geboren

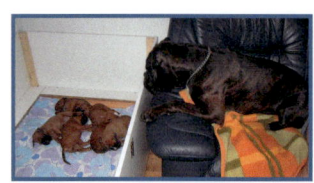

Ede als „gefühlter Papa"
darf die Welpen besuchen

Die große weite Welt ruft

Motzki mit Mama
im Garten

Leih-Papa Ede mit „seinen"
Kindern

Die 6 A's von der Müngstener Brücke, 3 Wochen jung

Askan

Anton

Aladin „Motzki"

Atze

Arneau

Aika

Atze kommt auch gerne auf den Arm, guckt aber lieber in der Gegend herum. Die anderen drei Jungs schauen schon mal ein wenig irritiert, gewöhnen sich aber auch allmählich daran. Auch Werner genießt die Kuschelmomente – in seinen Händen verschwinden die Kleinen förmlich, aber sie mögen es. Besonders die kleine Aika hat es ihm angetan.

Heute gibt's noch mal eine Fotosession – sie sind jetzt 2 Wochen alt, und ich möchte noch mal Einzelfotos machen.

Gerade werden alle mit einem Schlag wach und kommen wie auf Verabredung an den Ausgang der Wurfkiste, ziehen sich hoch und – plumps – ist Atze draußen und sitzt völlig verdattert auf unserem Teppich. Seine Mama guckt genauso verblüfft aus der Kiste, aber da drängen die anderen schon nach.

Sie können nun mittlerweile ihre Gummibeinchen einigermaßen koordinieren, zumindest sind sie verdammt fix! Ich habe alle Hände voll zu tun, die kribblige Bande am Verlassen der Kiste zu hindern. Ede kriegt das Durcheinander mit, kommt auch noch angeflitzt, begutachtet das komische kleine Quietschie auf dem Teppich und macht das Chaos perfekt. Weil ich so furchtbar lachen muss, verwackeln zu allem Überfluss die meisten Fotos, aber ein paar sind dann doch noch was geworden!

Samstag, 16.09.2006
Ein ruhiger Samstag, ich habe in MEINEM Bett ausgeschlafen. Heute und morgen muss Werner noch arbeiten, dann haben wir 2 Wochen Ruhe. Am heutigen Nachmittag nehme ich mir „welpenfrei" und bummle ein wenig durch die Stadt – muss mal ein paar mehr Menschen zu Gesicht bekommen.

52

Der Nachmittag vergeht hauptsächlich mit Telefonieren, alle möglichen Bekannten rufen an, wollen wissen, wie es den Babys geht.

Sie wackeln immer besser durch die Wurfkiste – alle schaffen jetzt schon ein paar Schrittchen. Die kleine Aika schreit oft aus vollem Hals nach ihrer Mama – sie ist schon ganz schön raffiniert. Ich hab's mal getestet: wenn sie krakeelt und man nimmt sie aus der Kiste, ist sofort Ruhe; sie kuschelt sich an und ist das bravste Hundemädchen der Welt. Ich sehe da so gewisse Parallelen zu Menschenbabys... Geanie ist da konsequenter: einer schreit, Geanie kommt gucken, Kind hat nichts (woher sie weiß, dass das Baby nichts hat – keine Ahnung), dann geht sie wieder, oder sie schnuppert, leckt Bäuchlein oder legt sich hin, damit die Kleinen trinken können – je nachdem. Ist schon eine klasse Mama, unser Mädchen!

Abends wird wieder gewogen, sie haben alle schön zugenommen und sind auch toll gewachsen. Ich muss mir eine größere Wiegeschüssel besorgen.
Die Kleinen haben einen seltsamen Rhythmus – abends nach dem Wiegen und Trinken schlafen sie wie die Steine bis etwa 22.00, danach ist erstmal eine Weile Party angesagt. Während der Nacht sind sie eher unruhig und werden dann auch laut. Geanie nervt das, man merkt es deutlich. Wenn sie mal schlafen, kommt sie zu mir ins Bett, hat allerdings da auch keine rechte Ruhe und wandert wieder zu ihren Kindern. Wir werden natürlich auch jedes Mal wieder wach – das hinterlässt langsam Spuren.

Sonntag, 17.09.2006
Gegen Morgen wird es ruhig in der Wurfkiste, und wir können einigermaßen ausschlafen. Geanie füttert die verfressene Bande erstmal, danach wird sauber gemacht – als ob sie drauf gewartet hätten, wird die neue saubere Unterlage erstmal wieder eingesaut.

Anscheinend geht das besser auf sauberen Tüchern. Also, das Ganze noch mal – ich find's einfach eklig, wenn sie in ihrem Dreck liegen. Dann wackeln sie noch ein bisschen hin und her, Atze saugt mal wieder an seinen Brüderchen herum, und dann sind alle wieder müde.

Geanie hat heute einen Schlaftag. Sie liegt in der Wurfkiste wie angetackert – die Kleinen finden es toll. Immer wenn sie wach werden, ist die Milchbar verfügbar. Es ist immer so, wie man es nicht braucht – eigentlich wollte ich heute zum 1. Mal ein paar eingeweichte Welpenfutterbröckchen füttern. Das mach' ich dann wohl besser am Abend – vielleicht wird die Nacht dann ruhiger.

Ede kommt an die Wurfkiste, und es gibt einen regelrechten Tumult. Alle Babys stürzen so schnell sie auf ihren Wackelbeinchen können, zum Ausgang - "Ede-Alarm!" Und Ede findet es toll, schnuppert alle ab – soooo lieb! Der kleine Arneau spielt „großer böser Boxer" und knurrt und versucht zu bellen – wir lachen Tränen.

Mitten in dieses Idyll hinein klingelt das Telefon – eine auswärtige, mir unbekannte Telefonnummer. Eine Dame mit sächsischem Akzent fragt, ob „Motzki" noch zu haben wäre. Ich bejahe das (und denke im Stillen „och nee, nicht mein Motzki!"), und sie erzählt mir, dass sie früher Boxer hatte und jetzt wieder einen Rüden möchte, dass ihr nichts so recht gefallen hat, was sie so im Internet gesehen hat und sie sich in Motzki verguckt hat. Sie will kommen und ihn anschauen. Sie kommt aus Sachsen-Anhalt, also nicht gerade um die Ecke. Sie will im Laufe des Abends noch mal anrufen.

Werners Gesicht wird immer länger – ich glaube, er hofft, dass wenigstens einer übrig bleibt und wir ja dann nicht anders können, als einen zu behalten.... Er sagt schon, bei der Abgabe will er nicht dabei sein.

Nachmittags sind Tobias und Irina zum Kaffee da – Tobias sitzt direkt neben der Wurfkiste und kann sich nicht satt sehen. Zwischendrin geht wieder das Telefon – ein neuer Interessent für einen Rüden mit möglichst dunkler Maske. Die Leute kommen am nächsten Sonntag zum Anschauen.

Die Frau aus Sachsen-Anhalt hat sich noch nicht wieder gemeldet – auch gut. Sie weiß nicht, was ihr entgeht......

Abends füttern wir zum 1. Mal eingeweichtes Welpenfutter aus der Hand – eine schöne Sauerei. Die Kleinen sind dermaßen wild auf das Zeug, dass sie vor lauter Hektik alles ansaugen, auch unsere Finger, Arme, alles, was ihnen in die Quere kommt. Aber sie scheinen den Pamps zu mögen, also können wir dabei bleiben. Ich denke, dass wir spätestens zum Ende der kommenden Woche alles nach unten ins Welpenzimmer verlagern.

Montag, 18.09.2006
Ab heute haben wir Urlaub – Werner geht eine ganz große Runde mit Ede, ich mache derweil den üblichen Kram.

Die Babys sind schon gut auf den Beinen, schaffen es bald quer durch die Wurfkiste, ohne umzukippen. Sobald man den Ausgang öffnet, kommen sie angewuselt – so ein süßes Gequirle! Sie versuchen zu knurren und zu bellen – es hört sich zum Piepen an.

Heute war wieder Zehennägel-Schneiden angesagt – ich mache das, wenn sie vollgetrunken und schön müde sind, dann hält sich das Gezappel in Grenzen.

Im Laufe des Tages füttern wir mehrmals jedem einige eingeweichte Stückchen Welpenfutter – sie sind so danach! Was übrig bleibt, bekommen die beiden Großen, die auch voll darauf abfahren.

Abends beim Wiegen haben alle wieder gut zugenommen; Atze wiegt mittlerweile 1.540 Gramm.

Dienstag, 19.09.06

Als wir heute aufstehen, sind die Kleinen putzmunter, wuseln quicklebendig durch die Wurfkiste und kommen eilig angewackelt, als ich den Eingang aufmache. Wenn man nicht aufpasst, flutschen sie einem unter den Händen durch und sitzen auf dem Teppich. Wieder mal machen alle ihre Häufchen wie auf Verabredung – diesmal freundlicherweise, BEVOR ich die Unterlage gewechselt habe. Danach mache ich sauber, wir frühstücken, Geanie füttert die Kleinen. Danach sind sie wieder müde und schlafen, bis Werner mit Ede vom Spaziergang zurückkommt.

Als er zurück ist, bekommen die Kleinen wieder ihr Welpenfutter. Dabei bemerke ich bei allen die ersten Zähnchen, nadelspitz – arme Geanie... Die eingeweichten Bröckchen werden wieder verschlungen, danach noch leckere Milch von Mama – so lässt es sich als Boxerwelpe leben!

Geanie befindet ihre Kinder als satt und springt aus der Wurfkiste – die Kleinen sehen das anders, und es gibt ein großes Geschrei. Ich spiele noch ein bisschen mit ihnen, danach sind sie wieder schön müde.

Mittags mache ich den Ausderschüsselfresstest und stelle ich ihnen das Schüsselchen mit dem Pamps hin – als erster kommt Atze und versenkt seinen Kopf bis zu den Augen darin und schleckert eifrig. Als er wieder auftaucht, ist er völlig verschmiert, und seine Brüder haben ihn auf einmal zum Fressen gern – sie lecken ihn schön sauber. Danach versuchen alle mal, aus dem Schüsselchen zu fressen, es klappt mehr oder weniger gut. Aber sie lernen schnell, und so bekommen alle ein paar Mäulchen voll aus der Schüssel.

Bald können sie aus dem Welpennapf fressen – sie müssen nur noch etwas „standfester" werden. Wie die Wurfkiste nach dieser Schlacht aussieht, kann man sich leicht vorstellen. Also: same procedure as last hour – saubermachen...

Wir werden jetzt drangehen, den Welpenauslauf richtig herzurichten – in groben Zügen ist er ja fertig. Wir werden ihn mit Tüchern auslegen - ich mag das mit den Zeitungen nicht. Spielzeug liegt auch bereit – ich denke mal, bis zum Wochenende sind sie unten im Welpenzimmer. Wir ziehen dann auch mit Geanie und Ede nach unten. Dort gibt's eine kleine Küche, ein 2. Zimmer, in dem wir schlafen können, und oben ist es dann wieder halbwegs wohnlich. Wir werden dann später die Welpen abwechselnd mit nach oben nehmen, auch mit in die Küche, damit sie alles kennen lernen und jeder auch mal mit uns und den beiden Großen allein sein darf und ihm die ungeteilte Aufmerksamkeit sicher ist.

Mittwoch, 20.09.2006
Heute früh versuchen wir es mal mit einem etwas flacheren Schüsselchen, und es klappt sehr gut.

Am ruhigsten sind Atze und Aika, die anderen sind noch ein wenig hektisch, wollen meine Finger mit fressen, saugen sich am T-shirt fest und schnappen nach allem, was sich bewegt. Ede steht fassungslos davor und muss zusehen, wie der leckere Welpenpamps verschwindet. Ich glaube, er zählt den Babys die Bissen ab und macht sich sichtbar Sorgen, ob noch was übrig bleibt. Aber dafür ist schon gesorgt – ich mache extra ein wenig mehr für die beiden Großen.

Danach ist wieder Zeit für die Verdauung – wir müssen so lachen, wie sie alle der Reihe nach ihre Häufchen machen.

Ich will Geanie Gutes tun, indem ich sie wegputze, aber das will sie nicht – das ist IHR Job, und sie besteht darauf, sie selbst wegzumachen. Wenn ich mir überlege, wie sie sich anfangs angestellt hat!

Später machen wir Porträts von allen – sie werden wider Erwarten superschön.

Um 14.00 fahren Werner und Ede zum Hundeplatz, ich bastle ein wenig an den Fotos herum, aktualisiere meine Homepage, spiele mit den Babys, wenn sie wach werden und schlage mir so den Nachmittag um die Ohren. Zwischendurch gibt's bei Mutter Kaffee und Pflaumenkuchen – nur 1 Stück, ich bin eisern. Geanie relaxt auf meinem Bett – ins Schlafzimmer scheint die Sonne, und ich öffne das Fenster ganz weit. Sie genießt das Sonnenbad sichtlich.

Wenn die kleine Brut jetzt wach wird, ist der Bär los. Sie bellen und knurren sich an (hört sich an wie viele Quietschis), erkunden sich gegenseitig mit Pfoten und Mäulchen, beißen in alles, was interessant aussieht – auch Geanies Ohren sind da sehr beliebt. Sobald sie die Wurfkiste betritt, ist ein hoffnungsloses Welpenknäuel um sie herum – sie weiß mittlerweile gar nicht mehr, wohin sie sich legen soll, damit sie trinken können.

Abends bekommen sie noch mal eine kleine Ration Pamps aus dem Schüsselchen.

Gegen 20.30 geht mein Handy – Werner teilt mir mit, dass der Schutzdienst erst in 10 Minuten anfängt, er dann aber sofort losfährt. Es sieht so aus, als ob wieder viel Betrieb auf dem Hundeplatz ist.

Kaum haben wir zu Ende telefoniert, geht das Telefon schon wieder – eine Welpeninteressentin ruft an und möchte morgen Abend zum Anschauen kommen.

Darf sie gerne machen – ich freue mich, wenn ich die Babys gut unterbringen kann. Ich bin schon sehr gespannt, ob sie nett ist – ich will ja schließlich das Beste für die Kleinen.

Donnerstag, 21.09.2006
Heute schlafen die Babys, als wir aufstehen und gucken ganz verschlafen, als wir einen Blick in die Kiste werfen. Sie schlafen bis 9.00 – wäre nett, wenn sie das beibehalten könnten...... Aber dann geht wieder die Post ab. Sie bekommen wieder Welpenpamps, danach ein Schlückchen Mamamilch, und dann schlafen sie schon wieder. Kurz vor Mittag werden sie wach, Geanie geht füttern, und es wird weiter geschlafen – keine Ahnung, warum die heute so müde sind. Dafür machen sie bestimmt heute Nacht Party .....

Frau K. meldet sich, erkundigt sich nach Aika – ich erzähle ihr ein bisschen was. Sie ist auch schon ganz ungeduldig und kann die Zeit kaum abwarten, bis sie mein kleines Sternchen holen kann.

Nachmittags habe ich eine Auszeit – Kaffeetrinken mit Freundinnen, muss auch mal sein.

Abends kommen die Leute aus Königswinter – ein Ehepaar mit etwa 12jährigem Sohn, alle hundegerecht angezogen und sehr nett.

Ede macht gleich den verschärften Sabbertest: vor der Begrüßung an den Wassernapf..... Sie erzählen, dass sie vorher Doggen und als letztes einen Bernhardiner hatten, der vor ein paar Wochen gestorben ist. Ohne Hund geht gar nichts, und sie wollen ihn vielleicht auch ausbilden (wir haben ihnen den Mund ein bisschen lang gemacht ..).

Sie können sich schwer entscheiden, aber den Ausschlag gibt der Sohnemann: er hat sich in Arneau verguckt.

In den Herbstferien wollen sie noch mal kommen, den Kleinen besuchen. Nun ist auch Nummer 3 vergeben, ich hoffe, dass das am Sonntag auch klappt mit Nummer 4. Sie wollen einen Rüden mit ganz dunkler Maske – ich hab' ihnen Askan „zur Seite gelegt".

Freitag, 22.09.2006
Nun sind meine A's schon 3 Wochen und werden mit jedem Tag ein bisschen mehr „Hund". Heute früh schliefen noch alle, bis auf Aika. Die ging dann daran, ihre Brüder aufzuscheuchen, und innerhalb kürzester Zeit kamen alle zum Eingang der Wurfkiste gewackelt und wuselten um uns herum. So ein Arm voller Welpen – gibt's was Schöneres? Von hinten kam Ede und parkte seinen Bollerkopf auf meinem Rücken, und unter'm Arm quetschte sich Geanie durch, gucken, was ich mit ihren Babys mache. Umgeben von 8 Boxern – ich hätte vor Glück heulen können...

Samstag, 23.09.2006
Langsam kriegen die Welpen immer mehr Hunger auf Welpenpamps. Heute Abend werden sie zum 1. Mal aus einer gemeinsamen Schüssel gefüttert werden – ich muss mal nach einem geeigneten Objekt suchen.

Der Vormittag vergeht zwischen Aufräumen, Welpenkiste und Wohnung saubermachen, Welpen knuddeln – wobei letzteres das Angenehmste ist. Geanie pendelt zwischen Couch, Schlaf nachholen und Wurfkiste, Babys füttern.
Werner und Ede sind auf einem längeren Spaziergang, weil nachmittags Besuch zum Kaffee kommt und dann der 2. Spaziergang ausfällt.

Der Besuch kann sich erwartungsgemäß kaum von der Wurfkiste losreißen – die Babys sind alle wach und wuseln in der Kiste herum, alle sind hin und weg.

Wir haben einen schönen gemütlichen Nachmittag mit unseren Freunden – als sie sich verabschieden, wird die kleine Bande noch mal wach und dreht so richtig auf. Geanie als brave Mama füttert sie, und danach wird wieder geschlafen.

Abends folgt dann die Schlacht am kalten Büffet – ich fülle den Welpenpamps in einen Blumenuntersetzer und wir staunen nur noch. Die Rasselbande stürzt sich ohne weiteren Kommentar auf und in das Futter – ich filme die ganze Bescherung. Aber sie schaffen es tatsächlich, das Futter restlos zu verputzen, sehen danach aus wie Frischlinge (um den Ausdruck „Ferkel" zu umgehen) und müssen vor dem Wiegen mit einem feuchten Tuch abgeputzt werden.

Die Waage gibt bei Atze und 1800 Gramm ihren Geist auf – ich muss morgen Mittag mal in die Stadt – es ist verkaufsoffener Sonntag - und nach einer anderen Waage suchen, die digital anzeigt und bis 5 Kilo geht. Die Goldbröckchen werden langsam zu schwer.... Nach der Fressorgie schmusen wir noch ein paar Minütchen, und dann sackt einer nach dem anderen ins Land der Träume.

Sonntag, 24.09.2006
Der Tag beginnt wie immer, Werner und Ede sind wieder auf ihrer Runde. Als sie zurück sind, läuft Geanie noch mit Ede ein paar Runden durch den Garten – ich bin so froh, dass sie wieder „normal" wird und mit Ede spielt wie vorher. Allerdings muss sie zwischendurch immer mal rein, nach ihren Babys schauen.

Nachmittags kommen Welpeninteressenten – ein Ehepaar mit Vater. Der Vater sucht einen Welpen, weil er vor kurzem Witwer geworden ist und das Haus zu leer ist. Er möchte einen mit möglichst dunkler Maske – da wäre nur noch Askan. Motzki und Anton haben zu viel Weiß im Gesicht (wobei es bei Anton wahrscheinlich letztlich bei einem schmalen Nasenstrich bleiben wird).

Nachdem sie sich fast 2 Stunden bei uns aufgehalten haben, verabschieden sie sich ohne Entscheidung. Sie wollen noch ein paar Nächte drüber schlafen und auch noch mal in den Schul-Herbstferien vorbeikommen. Wenn Askan bis dahin noch einen anderen Interessenten findet, müssen sie sich schnell entscheiden, sonst haben sie Pech gehabt. Ich weiß sowieso nicht, warum man darüber schlafen muss – entweder es passt oder es passt nicht. Wir haben nie überlegen müssen... Irgendwie stört mich das.

Montag, 25.09.2006
Morgens früh gibt's für die Babys ein Tellerchen voll mit Welpenmilch eingeweichten Flocken und eine halbe zermatschte Banane. Das gibt ein Geschlecke und Gematsche! Hinterher müssen wir alle Babys wieder mal komplett feucht abwischen, aber sie haben alles aufgefuttert. Dann ist wieder mal ein Schläfchen nötig.

Heute ist für die Babys Action angesagt – wir öffnen die Wurfkiste und lassen die kleine Bande ins mit Tüchern abgedeckte Wohnzimmer. Kein bisschen ängstlich purzeln sie einer nach dem anderen aus der Kiste und tapsen neugierig in die große weite Welt. Ede kann es gar nicht fassen, was da alles auf ihn zukrabbelt, schnuffelt einen nach dem anderen ab und meint dann, er könnte schon mit ihnen toben, stupst sie, dass sie umkippen. Das wird dann ein wenig zu grob, also wird Onkel Ede erst mal hinter dem Trenngitter verstaut und wieder rausgelassen, als nur noch einer draußen ist. Er soll langsam lernen, wie er mit den Babys umgehen muss. Geanie beobachtet das Ganze recht relaxed, hält ihre Brut zusammen und findet das Ganze offensichtlich ganz toll.

Tobias ist auch gerade vorbeigekommen, hat sich schnell „seinen" Motzki geschnappt und sich mit ihm auf die Couch verzogen. Am liebsten wäre es ihm, wir würden ihn behalten.

Selbst nehmen kann er ihn ja leider nicht, teils wegen der Arbeit und auch wegen seiner Allergie – schade, er wäre bestimmt ein lieber Hundepapa (die Gene der Eltern müssen sich ja irgendwo niederschlagen).

Nach dem Ausflug sind die Kleinen restlos platt und schlafen bis nachmittags. Wir bekommen schon wieder Besuch – die Besitzer von Geanies Bruder sind zum Babys Gucken gekommen. Dafür, dass sie uns die Wurfkiste gebaut haben, haben sie eine Vorzugsstellung. Sie können sich kaum von den Kleinen trennen – aber das geht im Moment jedem so.

Abends gibt's wieder Welpenpamps – ich brauche jetzt nur noch mit dem Teller zu kommen, dann wackeln sie alle in Richtung Futterstelle und stürzen sich wie eine Horde Piranhas aufs Fressen.

Dienstag, 26.09.2006
Heute durften sie wieder ins Wohnzimmer – sie sind schon viel sicherer als gestern. Sie wollten probieren, von Ede zu trinken, sooooo eine schöne große Zitze – er hat einen Riesensatz gemacht vor Entsetzen. Wir mussten so lachen......, haben ihn dann aber sicherheitshalber vorübergehend aus dem Verkehr gezogen.

Der kleine Anton und Aika entwickeln sich zu Frechdachsen – erinnern mich stark an ihre Mama in ihrer Welpenzeit. Wenn sie Langeweile haben, mischen sie den ganzen Laden auf und geben keine Ruhe, bis ihre Geschwister alle wach sind. Dann gibt's ein Riesengekeife, jeder fällt über jeden her, sie beißen sich in Ohren, Pfoten und alles was sich irgendwie bewegt.

Atze konnte nach dem Ausflug noch nicht schlafen, darum durfte er noch bisschen auf dem Sofa bleiben – er hat erstmal alles ganz genau erschnuppert und es sich dann gemütlich gemacht, ganz ohne Geschwisterstress.

Wir nehmen alle abwechselnd immer mal mit zu uns auf die Couch, damit sie sich boxergerecht entwickeln – ein richtiger Boxer gehört aufs Sofa! Es ist wunderschön, wenn sie sich in unseren Arm kuscheln und dort sanft und selig einschlafen.

Nachmittags habe ich wieder zwei geklaute Stunden frei – ich gehe zum Friseur. Als ich um 16.00 zurückkomme, steht schon der nächste Besuch auf der Matte – sie bleiben bis 19.00 und würden am liebsten alle Welpis mitnehmen.

Abends gibt's endlich mal dank geliehener Babywaage ein vernünftiges Wiegen – Askan, Atze und Anton haben die 2-Kilo-Marke geknackt, die anderen liegen knapp darunter. Sind ganz schöne Bröckchen geworden – bin gespannt, was die Zuchtwartin am Samstag von ihnen hält. Samstag sind die ersten 4 Wochen schon herum – ich weiß gar nicht, wo die Zeit geblieben ist. Nur noch vier Wochen, und wir sind wieder mit Geanie und Ede allein – ein seltsamer Gedanke, den ich noch ganz weit wegschiebe.

Bis jetzt haben sich die Leute von Sonntag noch nicht gemeldet – muss man SO LANGE nachdenken, ob man einen Welpen aus diesem Wurf haben will??? Am liebsten wäre es mir, jemand anderer würde für Askan anrufen – dann wäre er weg, und gut.

Mittwoch, 27.09.2006
Heute früh mach' ich die Wurfkiste sauber und sehe, dass Anton zittert – ich hab' schon die Panik in den Augen, schnappe mir den Kleinen, wickle ihn erstmal in eine Kuscheldecke und setze mich mit ihm im Arm auf die Couch. Er zittert noch ein wenig, pinkelt mir das T-shirt voll und schläft umgehend ein.

Ich sitze da mit Klein-Anton und spüre, wie das Zittern nachlässt – ihm war wohl kalt, also schalte ich noch mal ein wenig die Wärmelampe für die anderen ein und lege ihn zu seinen Geschwistern. Als alle wach sind, bekommen sie ihren Welpenpamps, und alle fressen gierig. Später gibt's noch ein leckeres Mama-Schlückchen, wir spielen noch ein bisschen, und schon ist wieder Ruhe.

Nachmittags, als Werner mit Ede in Richtung Hundeplatz abgefahren ist, lasse ich die Babys ins Wohnzimmer. Sie sind schon viel sicherer und neugieriger als beim letzten Mal, sie wuseln in allen Ecken herum, und ich habe meine liebe Mühe und Not, sie zusammen zu halten. Geanie schaut sich das Gewusel an und findet sich als Mama offensichtlich ganz toll. Die Kleinen schaffen es schon fast, zu trinken, während Geanie stehen bleibt.

Ich räume schon mal ein bisschen im Welpenzimmer herum – morgen kommt Tobias zum Schleppen. Die Wurfkiste soll mit nach unten, und noch mal trage ich das Ding nicht – das ist beim letzten Mal meinem Rücken schon nicht bekommen. Aber alles, was ich schon vorbereiten kann, mache ich soweit fertig.

Donnerstag, 28.09.2006
Der große Tag ist da – die Welpen ziehen heute nach unten ins Welpenzimmer, und auch wir beziehen unsere „Ferienwohnung" im Nebenzimmer. Werner fährt morgens mit Ede suchen, und mittags kommt Tobias. Wir schnappen uns die Welpen, setzen alle 6 in einen Wäschekorb, und Tobias hat die große Ehre, das Umzugsunternehmen zu spielen.
Er trägt die süße Last nach unten und setzt sie in die Wurfkiste. Wir haben zwischen Wurfkiste und Auslauf eine Öffnung gelassen, so dass die Welpen hin und her laufen können, wie sie mögen. Erst mögen sie mal nicht, außer Atze – dieser Welpe heißt mit Nachnamen „Vorwitz".

Er tapst als erster durch die offene Tür in den Auslauf, schaut sich um, pinkelt mal probeweise, und dann kommen auch die anderen nach und nach, schauen sich um und nehmen nach und nach ihr neues Heim in Besitz. Tobias sitzt mittendrin und genießt – es ist ein Jammer, dass er keinen Welpen nehmen kann – er hat sich in Aladin-Motzki so verguckt...

So nach und nach machen wir es uns in der Einliegerwohnung gemütlich, soweit das auf 30 m² mit 8 Hunden und 2 Erwachsenen möglich ist. Das Ganze hat ein gewisses Wohnwagen-Feeling. Zu allem Überfluss verabschiedet sich auch noch mein W-Lan, und ich kriege es nicht wieder repariert. Ich hab' auch jetzt weder Zeit noch Nerven, mich damit intensiv zu beschäftigen – die Kleinen halten mich ganz schön auf Trab.

Sie sauen im Nullkommanichts den ganzen Auslauf ein, und wir sind beschäftigt mit Einlagen wechseln, waschen, trocknen, füttern, die verklebten Welpis säubern, und so vergehen Nachmittag und Abend, und es wird Zeit für's Bett – Werner muss morgen früh raus, er fährt mit Ede nach Hamm zum Lehrgang.

Ans andere Bett muss ich mich erst gewöhnen, außerdem tut mir das Kreuz vom Schleppen weh. Um 3 Uhr ist Randale in der Welpenkiste, Geanie gibt ihnen zu trinken, dann kackern wieder alle gleichzeitig, wir sammeln die Häufchen ein, und dann ist in der Welpenkiste und in der Menschenkiste wieder Ruhe.

Freitag, 29.09.2006
Viel zu schnell ist die Nacht vorbei – um 6.00 klingelt der Wecker. Wir frühstücken schnell, und um 7.00 sind Werner und Ede verschwunden, und ich bin mit Geanie und den Babys allein. Ich lese erstmal in Ruhe Zeitung, dann zieh' ich mich welpentauglich an, und schon sind auch die Kleinen wach.

Sie bekommen heute ihre 2. Wurmkur – ich schmiere ihnen allen die Paste ins Mäulchen, alle schleckern fleißig und weg ist das leckere Zeug. Auch Geanie und Ede werden parallel entwurmt.

Anschließend gibt's Haferflocken mit Welpenmilch und Banane, dann kommt auch noch Geanie und lässt die Babys trinken, und auf einmal setzt zu meinem Entsetzen allgemeines Erbrechen ein. Alle Welpen spucken, was das Zeug hält. Völlig ratlos rufe ich meine Ratgeberin in allen Lebenslagen, Geanies Züchterin, an, und die bestätigt das, was ich denke: sie haben zuviel gefressen, außerdem hält sie nichts von Welpenbrei. Sie sagt, ich soll ihnen 4 -5 Mal am Tag eingeweichtes Welpenfutter geben und Geanie nur als „Nachtisch" zu ihnen lassen, damit sie allmählich entwöhnt werden und ihre Mama entlastet wird. Ab morgen wird auch Geanies Futter reduziert, keine Zufütterung mehr. Dann wird auch die Milch zurück-gehen und meine Maus langsam wieder ein normales Leben führen können.

Nachmittags scheint die Sonne, und ich baue den Kleinen im Garten den Auslauf auf. Ich suche mir das Fleckchen aus, auf das am längsten die Sonne scheint. Dann kommt mal wieder der Wäschekorb zum Einsatz. Geanie wartet schon am Gitter zum Garten und läuft sehr aufmerksam neben dem Wäschekorb her. Die Kleinen stecken schon ihre Nasen in den Wind und sind sichtlich aufgeregt. Dann kommt der große Moment: ich setze sie im Auslauf ins Gras, Geanie geht zu ihren Babys, und die Kleinen suchen erstmal Schutz bei Mama. Dann werden sie mutig und erkunden nach und nach ihre Umgebung.
Offenbar schlägt ihnen die Aufregung auf den Darm, und ich laufe mal schnell nach der Hundeschaufel und räume die Häufchen weg. Dann tapsen sie im Gras herum, schnuppern und genießen die Sonne. Nach ungefähr einer Viertelstunde macht der erste schlapp und schläft mitten auf der Wiese ein.

Ich packe die kleine Bande wieder in ihren Wäschekorb und bringe sie wieder ins Haus. Sie registrieren das schon gar nicht mehr, so fertig sind sie.

Werner und Ede trudeln so gegen 20.00 wieder ein – Ede betritt das Haus wie weiland unsere Söhne: „Gutenabendmamaistdasessenschonfertigwasgibtsdenn?", stürzt sich auf das Futter, legt sich auf Werners zur Couch umfunktioniertes Campingbett und schläft umgehend ein. Geanie guckt leicht verdutzt, meistens ist sie es, die von ihm genervt wird, heute möchte sie mal gern mit ihm ein wenig toben, da liegt er da und schläft wie ein Stein - unerhört!

Um 23.00 bekommen die Babys ihre letzte Mahlzeit in der stillen Hoffnung, dass sie lange durchschlafen.... Mein Kopf ist kaum auf dem Kissen, da schlafe ich schon. Ist schon sehr anstrengend ohne Werners Unterstützung – schließlich bin ich keine 20 mehr...

Samstag, 30.09.2006
Die Nacht war relativ ruhig – gegen 3.00 war die ganze Bande wach und hatte Hunger. Auch heute fängt der Tag früh an – um 5.30 sind die Babys wach und randalieren so lange, bis Geanie sie füttert. Anschließend warten wir noch auf die Häufchen, die wir dann noch schnell wegräumen. Dann dürfen wir noch ein halbes Stündchen schlafen, bevor Werner und Ede sich wieder ver- abschieden. Die Kleinen schlafen – klar, jetzt sind wir ja wach.... Ich frühstücke in Ruhe zu Ende, lese Zeitung. Werner hat mal wieder sein Handy zu Hause vergessen – ich hasse das!

Nachdem ich fix Ordnung gemacht habe, warte ich auf die Zuchtwartin. Sie steht gegen 10.30 im Türrahmen zur 2. Besichtigung der Welpen. Sie schaut bei den Rüden nach den Hoden, bei Anton und Motzki sind sie schon unten, bei Askan und Arneau fast unten, nur bei Atze sieht sie noch nichts.

68

Ich werde wohl doch mal in der Kirche Kerzen anzünden müssen... Ansonsten gefallen ihr die Welpen sehr gut, schöne Köpfe, schöne Farben.

In Bezug auf Aikas Rute ist sie sich nicht mehr sicher, sie würde es nicht vor einem halben Jahr machen lassen, bei den anderen ist es soweit ok, nur Atze hat halt eine Knickrute, die mit Sicherheit operiert werden muss. Aber vielleicht machen die Welpenbesitzer das dann auch bei sich, bei ihrem eigenen Tierarzt. Das Attest bekommen sie ja auf jeden Fall. Ich zahle ihnen dann halt die OP oder lasse was vom Welpenpreis nach, und gut.

Ich führe dann mal wieder ein Dauergespräch mit Geanies Züchterin, wir ackern ein bisschen die Boxerszene durch – meine Informationen fließen zur Zeit recht spärlich

Ich sitze in der Einliegerwohnung, bewache den Welpenschlaf, schreibe an diesem Tagebuch und drücke mir selbst die Daumen, dass es heute Nachmittag trocken bleibt und ich die Kleinen wieder in den Garten lassen kann.

Es ist trocken geblieben, und wir waren wieder draußen – ist das eine Schlepperei! Fast 13 zappelnde Kilos sitzen im Wäschekorb und werden ums Haus herum in den Garten getragen – im nächsten Leben krieg' ich ein Haus mit direktem Zugang zum Garten!!! Sie sind schon viel sicherer und munterer, tapsen quietschvergnügt herum, spielen mit ihrem Ball und sind nach einer Viertelstunde k.o. Geanie ist süß mit ihnen – nimmt den Quietscheball und legt ihn den Kleinen vor die Füße – meine Zicke ist eine ganz liebe Mama!

Abends trudeln Werner und Ede müde wieder ein, und es gibt viel zu erzählen vom Lehrgang. Wir essen noch zu Abend, sehen ein bisschen fern und dann ist Zeit für's Bett.

Vorher werden die Welpis noch gefüttert, ein bisschen mit ihnen gespielt, und dann verziehen sie sich in die Box und schlafen zusammengekuschelt ein.

Sonntag, 1.10.2006

Heute schon wieder so früh aus dem Bett – och nee...! Die Kleinen sind um 6.00 putzmunter, ich weniger. Aber weil ja heute Besuch für Atze kommt, ist es o.k. so. Ich mache schnell Ordnung, säubre den Auslauf, füttere die Babys. Werner und Ede sind schon seit 7 Uhr wieder weg.

Viel Zeit zum Ordnung machen bleibt nicht – die jungen Leute haben sich für ca. 10.00 angesagt, um ihren Atze zu besuchen. Sie sind dann auch recht pünktlich da, haben Frühstück mitgebracht, was ich superlieb finde. Aber bevor es Frühstück gibt, wollen sie ihren kleinen Atze in natura sehen. Sie finden ihn in dem Gewusel auf Anhieb heraus. Dann ist erstmal Schmusestunde angesagt. Ich lasse sie mit ihrem Baby allein und mache erstmal Kaffee. Nach der 1. Knuddelattacke ist Atze müde, wird in die Kiste zurückgesetzt, und wir frühstücken dann mal erst, reden und lernen uns kennen. Die beiden sind lieb und nett – ich denke, Atze wird es bei ihnen gut gehen. Wir einigen uns darauf, die Knickrute erst operieren zu lassen, wenn er ½ Jahr alt ist – auch die Zuchtwartin hatte dazu geraten. Ich werde in den Vertrag hineinschreiben, dass wir die OP-Kosten übernehmen. Der Tag vergeht mit Atze knuddeln und quatschen.

Gegen 15.00 kommen Werner und Ede vom Lehrgang zurück, so dass sich nun alle Beteiligten kennen gelernt haben. Wir nutzen das schöne Herbstwetter aus und gehen mit den Babys noch für ein Weilchen in den Garten. Sie toben ein bisschen im Auslauf herum; als der erste einschläft, tragen wir sie wieder ins Haus.

Baby Atze erfährt eine Sonderbehandlung – er wird von seiner zukünftigen „Mama" getragen, allerdings verfolgt von Geanie, die die beiden nicht aus den Augen lässt.

70

Am späten Nachmittag verabschieden sich Atzes zukünftige Besitzer schweren Herzens und sind froh, dass sie vor der Abholung noch in Urlaub fahren. So wird die Zeit nicht so lang, bis sie zu dritt sein werden.

Montag, 2.10.2006
Heute ist wieder „Normalbetrieb" – Werners Urlaub ist vorbei. Wir stehen ein paar Mal in der Nacht auf und räumen Häufchen weg. Morgens bin ich wie gerädert und muss mich richtig zwingen, noch vor dem Frühstück die versauten Einlagen im Welpenauslauf auszuwechseln. Aber ich kann es nicht haben, wenn alles so eklig aussieht – ich denke mal, auch die Babys fühlen sich wohler, wenn sie wieder saubere Tücher haben. Die erste Amtshandlung ist dann, sie wieder vollzupinkeln....

Nach dem Frühstück gehen Werner und Ede ihre Runde, ich zieh' mich an, mache Futter für die Welpen – sie stehen schon voller Erwartung vor dem Eingang zur Wurfkiste, wo ich die Futterschüssel aufgebaut habe. Ich nehme das Brett weg, das ich dazwischen gesetzt habe, und wie die Piranhas stürzen sie sich auf das Futter. Danach ist wieder gemeinsames Kackeln angesagt, ein bisschen Spielen und Streiten muss auch sein.

Inzwischen sind Werner und Ede zurück, und mit einem Mal sitzt Ede mitten zwischen den Welpen – er konnte nicht mehr an sich halten. Die Kleinen gucken erst verdutzt, dann freuen sie sich über den Besuch und stürzen sich mit Klauen und Milchzähnchen auf „Onkel" Ede. Der flüchtet entgeistert in die Box, die Fürchterlichen Sechs hinter ihm her, er quetscht sich wieder raus – das geht nicht ohne ein paar Tritte auf Welpenpfoten ab. Die Kleinen quietschen, Ede saust wie ein geölter Blitz über die Abtrennung des Auslaufs und ist verschwunden. Wir stehen nur da und lachen Tränen – das Ganze ging so schnell, es war ein einziges Getümmel. Aber kurz darauf ist Ede schon wieder da, bleibt aber mal vorsichtshalber außen vor dem Auslauf.

Ich bekomme einen Anruf von einem Welpeninteresssenten, der einen gelben Rüden mit viel Weiß und Knickrute sucht. Er sagt mir gleich, dass ich gar nicht versuchen soll, ihn vom Gegenteil zu überzeugen – er will nur einen kupierten Hund, und daran könne man doch sicher was machen. Das kann er vergessen – dem geht's doch gar nicht um den Hund, sonst würde er ihn so nehmen, wie er ist. Von mir kriegt er jedenfalls keinen, und das sage ich ihm auch.

Auch über die Leute, die sich Askan haben reservieren lassen, ärgere ich mich jeden Tag mehr. Wir beschließen, auf den angekündigten Anruf zu warten und ihnen dann zu sagen, dass sie von uns keinen Hund bekommen werden. Wer so lange braucht, um sich zu entscheiden, ist nicht der Richtige für meine Welpen.

Im Laufe des Tages richten wir das Wohn- und Esszimmer ein wenig her – morgen ist Welpenknuddeln mit den Bielefeldern. Das wird bestimmt ziemlich turbulent. Ich bin mal gespannt, wie ihnen die Babys gefallen.

Dienstag, 3.10.2006
Der Tag beginnt wie immer, aber ich beeile mich doch etwas mehr, damit alles in Ordnung ist und ich auch ein wenig vom Tag habe. Werner kommt vorbei und bringt Suppe und Brot vom Partyservice, oben in der Küche ist alles fertig, und nun können sie kommen.

Die 1. ist eine Bekannte aus Solingen, ich zeige ihr erst mal die Babys, solange noch Ruhe ist. Danach geht's Schlag auf Schlag, und schon ist die Hütte voll.

Die Welpen staunen die vielen Gesichter an, die sich über ihren Auslauf beugen, sind aber nicht sonderlich beeindruckt oder ängstlich.

Nach einer ausgiebigen Besichtigung und einer Knipsattacke lassen wir sie erst mal wieder schlafen, wir gehen nach oben, quatschen, es gibt Kaffee, Kuchen und Suppe – eine recht eigenwillige Zusammenstellung.

Draußen auf der Straße haben die Nachbarn Kino – aus den Autos hört man Gebell, aus unserer Einliegerwohnung kommt die Antwort von Geanie und Ede. Man beschließt, mit den Hunden eine Runde zu gehen, damit sie nicht die ganze Zeit in den Boxen sitzen müssen. Werner schnappt sich Ede und geht voran, die anderen mehr oder weniger gezogen von ihren Hunden hinterher. Eine Karawane von einem Dutzend Boxern und entsprechend vielen Zweibeinern wälzt sich in Richtung Hammertal. Die zu Hause Gebliebenen nutzen die Zeit und gehen mit mir zu den Welpen, es wird wieder jede Menge fotografiert.

Zwischendrin kommt noch ein Anruf von Welpeninteressenten aus Mülheim/Ruhr, die gestern ihren Rüden verloren haben und schnell wieder einen neuen haben möchten. Sie wollen nachmittags um 16.00 Uhr vorbeikommen und sich die Hunde anschauen. Sie sind dann auch pünktlich da, wir überlassen unsere Gäste mal kurzzeitig ihrem Schicksal und gehen mit unserem Besuch nach unten.

Sie erzählen uns die traurige Geschichte ihres Rüden, der nur 7 Jahre alt werden durfte und sagen dann, sie hätten gern einen mit ganz dunkler Maske. Damit ist Motzki aus dem Rennen (puh, ein Glück), also wäre noch Anton frei. Ich erzähle den Leuten, dass eventuell auch Askan wieder frei wird, sage ihnen auch, wieso und warum. Askan gefällt ihnen noch besser, weil er genauso ist, wie sie ihn gern hätten. Wir verbleiben dann so, dass ich mich sofort melde, wenn ich mit den Askan-Leuten gesprochen habe. Sollten die ihn haben wollen, werden die Mülheimer Anton nehmen.

Im Stillen hab' ich schon beschlossen, die komischen Leute rauszukegeln – ich hab' ein schlechtes Gefühl bei denen. Die Mülheimer sind mir tausendmal angenehmer.

Gegen 17.00 fahren die meisten Besucher wieder nach Hause, ein kleiner Rest bleibt noch ein wenig. Wir reden noch über Gott und die Welt, vornehmlich die Hundewelt. Danach müssen auch die letzten fahren, wir räumen noch auf und lassen den Tag ruhig ausklingen.

Spät klingelt noch das Telefon, die Leute aus Wetzlar melden sich – o Wunder. Sie drucksen ein wenig herum und teilen uns dann mit, sie hätten sich für einen anderen Boxer entschieden, wir sollten nicht böse sein usw. Ich entgegne ihnen, dass wir im Gegenteil froh darüber sind, weil wir schon die nächsten Interessenten für Askan haben – sie sind leicht angesäuert (das war auch der Sinn der Sache).

Im Anschluss rufe ich in Mülheim an und ernte einen Freudenschrei. Sie kommen nächste Woche noch mal, Askan besuchen und bringen auch ihre Jungs mit. Am meisten freut es mich, dass er in der Nähe bleibt – die Gruppe Essen können wir immer mal besuchen, wenn wir zu unserem Ältesten fahren.

Mittwoch, 4.10.2006
Auch heute wird es nicht langweilig – eine ehemalige Kollegin kommt zum Kaffee und bleibt tatsächlich bis 17.30 Uhr. Auch sie ist fasziniert von den Kleinen – wenn man bedenkt, dass sie früher Angst vor Hunden hatte......

Inzwischen ist es zum Abenteuer geworden, den Welpenauslauf aufzusuchen, vor allem ohne Schuhe. Diese kleinen spitzen Zähnchen tun scheußlich weh, und die Piranhas beißen in alles, was sich auch nur ansatzweise bewegt.

Auch die familieninternen Streitigkeiten nehmen zu – Anton und Aika mischen den Laden in dieser Hinsicht bestens auf. Die beiden vertragen sich sehr gut und starten eine Attacke nach der anderen auf ihre Geschwister. Die können sich aber wehren, und so ist manchmal eine ganz hübsche Keiferei im Welpenzimmer.

Geanie möchte ihre Kinder nicht mehr füttern – es muss ekelhaft wehtun, wenn sie sich an ihr Gesäuge hängen. Sie ist noch immer furchtbar hungrig, und wenn es nach ihr ginge, würde sie 5 x am Tag fressen – mindestens. Dabei ist sie immer noch elend dünn, obwohl sie schon eine große Dose Futter plus Flocken bekommt. Sogar am Mülleimer habe ich sie schon erwischt ...

Die Kleinen sind inzwischen voll umgestellt auf das Dosenfutter, das auch die Großen bekommen. Es wird gemischt mit Haferflocken und einem Schuss Sahne drüber, darauf sind sie ganz wild. Mit dem Trockenfutter war ich nicht wirklich glücklich, sie wurden mir zu fett. Jetzt nehmen sie nicht mehr so rapide zu, sondern schön langsam, wie es sich gehört. Sie schlafen auch immer weniger – irgendwie scheint die Häufchenproduktion im gleichen Maße anzusteigen wie die Schlafdauer abnimmt.... Es ist wirklich erstaunlich, was alles aus diesen kleinen Hündchen heraus kommt! Wenn ich nicht aufpasse, versucht Geanie immer noch, alles wegzumachen, aber das muss nun wirklich nicht mehr sein.

Donnerstag, 5.10.2006
Heute bekommt die kleine Aika Besuch – Frau K. mit Familie kommt und ist selig, dass sie die Kleine endlich mal streicheln darf. Auch sie ist einverstanden, Aikas Rute erst in einem halben Jahr zu operieren – falls es nötig sein sollte. Ich glaube, man kann es lassen – es sieht sehr gut aus. Sie trägt ihre Rute ganz normal wie alle anderen auch.

Man muss ihr ja nicht unnötig Schmerzen zufügen – Frau K. sieht das zum Glück genau so, meint das sei dann halt ihre persönliche Note. Sie will weder ausstellen noch züchten, was also bringt eine OP?

Sie bleiben 2 Stunden, wir haben ein gemütliches Kaffeestündchen zusammen. Sie hat ihre Enkelkinder dabei, sie sind sehr lieb und sanft mit Aika, die dann auch prompt auf dem Schoß ihres zukünftigen Frauchens einschläft. Der Sohn macht jede Menge Fotos, und wir verabreden uns für die übernächste Woche zu einem erneuten Besuchstermin. Endgültig abgeholt wird Aika am 12. November, sie wird demnach voraussichtlich am längsten bei uns bleiben, immer mal vorausgesetzt, Anton und Motzki sind bis dahin vermittelt.

Freitag, 6.10.2006
Im Moment ist Geanie fürchterlich – sie hat nur Hunger, hat schon diverse Male den Mülleimer umgekippt, Filtertüten versucht zu fressen etc. Ich habe jetzt unsere Mülleimer von oben geholt, die sie nicht öffnen kann. Dann hat sie heute Nachmittag in den Flur gepinkelt – sie ist mal wieder völlig durch den Wind. Zum Glück kann sie jetzt wieder morgens mit Ede und Werner spazieren gehen, und sie genießt es (ich auch ...). Meine arme kleine Nervensäge tut mir schrecklich Leid ...

Nachmittags bin ich wieder allein mit Geanie und den Welpis – ich sehe inzwischen aus wie getackert. Lustig ist immer Anton: er sitzt auf seinem kleinen Po, kläfft mich an und hat dann Angst vor der eigenen Courage. Er jammert mich an und will auf den Arm... Atze ist megasüß, immer lustig, immer vorneweg. Motzkis Ohren scheinen auf seine Geschwister den Reiz auszuüben hineinzubeißen. Sie nuckeln ständig dran herum, was er nun wieder nicht witzig findet. Askan hat mit nichts was zu tun – er ist ein recht ausgeglichenes Gemüt.

76

Der kleine Arneau ist ein sanfter Rüde, mein Dauerschmuser, und Aika ist die Tochter ihrer Mutter – eine kleine Rabaukin, und dann wieder eine Schmusebacke. Ich kann mir gar nicht vorstellen, dass sie eines Tages nicht mehr da sind... Aber noch sind es ja 3 Wochen, da schiebe ich alles ganz weit von mir.

Soeben hat der Tierarzt auf meine Bitte hin angerufen – ich habe ihm erzählt, dass er die Schwänzchen nicht abzuschneiden braucht; er hat sich darüber sehr gefreut. Er will morgen mal vorbeikommen, nach den Hoden schauen und sehen, was er für Geanie tun kann. Dann geht er in Urlaub, und seine Vertretung macht den Rest.

Morgen kommt ein PC-Mensch, damit ich wieder W-Lan habe – hoffentlich klappt das. Langsam wird es nämlich lästig.

Samstag, 7.10.2006
Wieder nichts mit Ausschlafen – Werner hat Wochenend-Dienst. Außerdem muss ich noch das Bett für Ann-Kathrin beziehen, das Gästebad herrichten, die Kleinen füttern und sauber machen. Bevor ich mich' versehe, ist es soweit, Ann-Kathrin und Nando sind da. Ich zeige ihnen kurz ihr Wochenend-Zuhause, dann gehen wir zu den Welpen. Nando muss zu seinem Leidwesen oben bleiben, aber ich denke mal, Geanie würde ihn nicht dulden.

Ann-Kathrin spielt mit den Babys, knipst, spielt – immer abwechselnd. Mit einem Mal hopst Ede wieder in den Auslauf, legt sich gemütlich auf die Kuscheldecke und lässt die Welpen über sich hinweg krabbeln. Sie ziehen ihn an der Rute, Anton kläfft ihn wie wild an – ihn bringt nichts aus der Ruhe. Als es ihm zu bunt wird, pustet er mal kurz, und Anton sucht das Weite. Wir filmen und knipsen das Idyll und müssen in einem fort lachen. Ich bin megastolz auf meinen Ede – er ist einfach nur ein klasse Rüde!

Mittags gehen wir mal eine Hunderunde mit Nando – es tut richtig gut, mal an die Luft zu kommen!

Nachmittags kommt noch eine Bekannte aus Wuppertal dazu – auch sie will mal die Babys gucken und verliebt sich stehenden Fußes in Motzki. Schade, dass sie schon 2 Rüden hat – ihr würde ich ihn anvertrauen, da wüsste ich, dass er gut aufgehoben wäre.

Abends „sündigen" wir – das Pizzataxi wird bemüht. Wir essen mal schrecklich fett und ungesund ... lecker!

Der PC-Mensch kommt noch vorbei mit Familie, leider kriegt er das W-Lan auch nicht in Gang. MISTMISTMIST!!! Er will es nach seinem Urlaub noch mal in Ruhe versuchen. Ich bin froh, als sie gehen – sein Töchterchen macht mich irre, sie tobt nur herum und regt Geanie auf. Auch Ann-Kathrin wirkt leicht genervt. Wir gucken uns an und denken das gleiche.

Spät wird es nicht an diesem Abend – alle sind müde. Ich sitze noch mit Ann-Kathrin eine Weile im Wohnzimmer, Werner schaut unten bei den Welpen Fußball, wir quatschen noch über Gott und die Welt und im Besonderen über Hunde, dann gehen wir auch ins Bett.

Sonntag, 8.10.2006
Da stellt man sich den Wecker, um das vorletzte Schumi-Rennen zu sehen, und dann so ein Mist! Die ganze Saison hält der Motor, und ausgerechnet jetzt, wo es um die Wurst geht, macht er schlapp. Da hätten wir besser ausgeschlafen! Ann-Kathrin ist gescheiter – sie wird erst wach, als Werner mit Geanie und Ede schon im Wald ist.

Wir spielen wieder mit den Welpen und beschließen, nachmittags in den Garten zu gehen – das Wetter ist so schön, da kann man es noch mal ausnutzen. Außerdem möchte ich noch mal Porträtaufnahmen machen, das geht am besten draußen.

Um 13.00 steht Frau K. mit „Dorchen" (wer immer das sein mag) und Dorchens Mann auf der Matte, Aika besuchen. Wir drücken jedem einen Welpen in die Hand und gehen alle zusammen in den Garten. Dorchen und ihr Mann sind ehemalige Boxerzüchter, und auch ihnen gefallen die Kleinen sehr gut. Sie bleiben eine Stunde, dann macht sich leider auch Ann-Kathrin auf die Heimreise.

Kurz danach fällt schon der nächste Besuch über uns her – die Familie L., die den kleinen Askan nehmen will, kommt mit ihren Söhnen, Askan besuchen. Wir haben viele gemeinsame Bekannte aus der Boxerszene von Essen und Umgebung und freuen uns sehr, dass wir auf diese Weise unseren Kleinen nicht aus den Augen verlieren werden, zumal es auch zwischen den Zweibeinern beginnt zu „menscheln".

Danach kommen noch Freunde aus der Nachbarschaft, aber sie haben nicht mehr viel von den Kleinen – die sind völlig platt und schlafen tief und fest. Würde ich auch gerne …

Heute ist es nur ein kurzer Abend – wir sind vollkommen erledigt und gehen früh ins Bett – zu unserem Glück. Um drei Uhr nachts ist Randale im Welpenzimmer. Wir schauen nach, da stehen alle 6, quietschen in den höchsten Tönen, jammern und kratzen in holder Eintracht an dem Brett, das den Eingang zur Futterkrippe versperrt. Oh nee - DIE HABEN HUNGER – mitten in der Nacht!!! Wir versuchen, es zu ignorieren, aber irgendwann pfeife ich auf alle Prinzipien und gebe ihnen einen kleinen Nachschlag, damit wir alle wieder schlafen können. Werner entsorgt derweil die diversen Häufchen, und dann wird's doch noch eine halbwegs ruhige Nacht.

Montag, 9.10.2006

Um 6.00 sind sie schon wieder auf den Beinen – HUNGER!!!! Ich quäle mich aus dem Bett, gebe ihnen was zu futtern (in weiser Voraussicht schon heute Nacht vorbereitet), und sie meinen, jetzt ist Partytime. Wer mich etwas besser kennt, weiß, dass das ein totaler Irrglaube ist – morgens um 6.00 habe ich nur einen Gedanken: zurück ins Bett und weiterschlafen! Geanie denkt genauso – sie ist gar nicht erst aufgestanden, die Rabenmutter.

Heute will ich mal die Idee umsetzen, die ich kurz vor dem Einschlafen hatte. Ich hole die Kudde aus dem Gartenhaus, stelle sie in den Welpenauslauf, fülle sie mit Sägemehl und lege eine Lage Heu oben drauf. Das liest sich leichter als es getan ist – alle 6 und ihr verrückter Onkel Ede zuppeln und zerren an mir und behindern das große Werk, wo es nur geht. Schließlich hab' ich es dann doch geschafft, das ganze Zimmer duftet nach Heu, und die Kleinen toben begeistert darin herum – eigentlich hatte ich es als Hundeklo gedacht, aber irgendwie scheint es zum Heu-Hotel zu mutieren. Auch mein großer Schwarzer liegt mittendrin und lässt die Kleinen gnädig um und auf sich herumkrabbeln. Nun ja – Hauptsache, alle haben Spaß... Offensichtlich ist das so, man kann so schön darin herumwuseln, an den Heuhalmen knabbern, alles um und um wühlen und sich einfach darin zum schlafen einkuscheln.

Als ich aus dem Auslauf steige, stoße ich mir das Schienbein an der Ecke – es tut hundsgemein weh, aber man sieht nichts Schlimmes.

Mittags tragen wir die Welpen noch mal für eine halbe Stunde in den Garten – die Sonne scheint, und es ist schön warm. Sie toben durch den Auslauf, den ich vormittags vorsorglich vergrößert habe. Auch Geanie genießt es zu unserer Freude, mal wieder mit Ede kräftig durch den Garten zu rennen, mit dem Fußball zu spielen und einfach wieder Hund und nicht nur Mama zu sein.

80

Wir schnippeln noch ein wenig an den Bäumen herum, dann sehe ich, dass es für die Welpen zu kühl wird, und wir tragen sie wieder herein. Im Welpenauslauf meckern sie noch ein bisschen, dann fallen alle um und schlafen tief und fest. Ich überrede Ede nur mit Mühe, sie jetzt mal in Ruhe zu lassen und mit mir zu kommen – der ist völlig vernarrt in die Babys.

Ich setze mich oben ein bisschen an den PC und merke, dass mein Bein irgendwie spannt, kremple das Hosenbein hoch und sehe eine Riesenbeule an meinem Schienbein. Es fühlt sich an, als ob meine Haut zu eng ist für dieses Ei. Also kommt erstmal „Beulensalbe" und Eis drauf – das wird ein wunderhübscher Bluterguss werden!

Werner verschwindet für ein Stündchen zum Tennis und zum Einkaufen, und ich genieße es, dass die Welpen um 18.00 immer noch schlafen. Auch Geanie und Ede sind müde, und ich kann endlich mal mein Tagebuch aktualisieren.

Die kleine Brut scheint ihr Futter regelrecht zu absorbieren – nachts um drei Uhr sind sie hellwach und kreischen laut nach Nahrung. Zum Glück hab' ich wieder was von abends aufgehoben, sie bekommen ihren Nachschlag und schlafen dann weiter.

Dienstag, 10.10.2006
Heute ist wieder Besuchsorgie – Arneau bekommt Besuch, dann platzen noch mein Vater und meine Stiefmutter herein – natürlich mal wieder alles zeitgleich. Wenn das hier vorbei ist, will ich 3 Jahre keinen Besuch mehr haben!!!

Ede ist mal wieder in Hochform – rein in den Auslauf, raus aus dem Auslauf, sich wälzen in der Heukiste, sämtliche Quietschis abschleppen und immer wieder mit den Babys spielen.

Er fordert sie regelrecht dazu auf – es ist wie Kino. Was für ein wunderbarer Rüde – ich kann mich gar nicht beruhigen.

Die Leute, die Arneau bekommen, sitzen auf dem Behelfssofa und knuddeln mit ihrem Kleinen. Arneau genießt es – er ist ein großer Schmuser. Auch hier haben wir ein gutes Gefühl – er wird es dort bestimmt sehr gut haben, zumal er dort auch eine kleine Hundedame zur Gesellschaft haben wird.

Mittwoch, 11.10.2006
Heute nutzen wir noch mal den Goldenen Oktober – es ist wunderbar warm, die Sonne scheint, und die Babys toben im Welpenauslauf herum. Langsam werden sie richtig munter, man kann schon mit ihnen Nachlaufen spielen. Ede muss natürlich mit in den Auslauf, Geanie zieht ein Sonnenbad außerhalb vor. Die Kleinen stürzen sich begeistert auf Onkel Ede, beißen ihn in die Rute, ziehen an seinen Ohren, knabbern an seinen Pfoten, und dieses Riesentier liegt seelenruhig im Gras, quietscht mit dem rosa Stachelball und findet das alles richtig toll.

Tobias ist heute schon 2 Mal da gewesen – heute ist er zum 1.Mal rechtzeitig zum Füttern da. Er schüttelt nur noch den Kopf über das Gekreische der Kleinen und über das Tempo, in dem sie ihre Mahlzeit vertilgen.

Abends kommen noch mal Freunde aus Werners Tennismannschaft zum Baby-Gucken; alle sind begeistert und bleiben länger als sie eigentlich wollten.

Donnerstag, 12.10.2006
Ein ruhiger Tag wird das heute – wir erwarten mal ausnahmsweise keinen Besuch, also Zeit zum Relaxen. Werner fährt morgens mit Ede suchen, mittags gehen wir mit den Kleinen raus in den Garten und haben alles in allem einen schönen ruhigen Tag.

Wir können uns mal richtig intensiv um die Kleinen kümmern, wobei Ede uns natürlich nach Leibeskräften unterstützt.

Freitag, 13.10.2006

Ich hab' eine SMS von Geanies Züchterin bekommen – Daumendrücken ist angesagt, Geanies Mama bekommt ihre Babys. Mach' ich doch gerne! Zwischendrin bekomme ich eine SMS, dass bis dahin 4 Mädels und 1 Junge da sind. Bis abends höre ich nichts, dann schicke ich ihr eine SMS und frage, was los ist. Sie meldet sich am Telefon – es war nicht so leicht – es sind 8 Babys, 2 weiße dabei, es war eine recht schwere Geburt. Aber es ist alles gut gegangen, und alle sind wohlauf.

Abends kommt der harte Kern unseres Freundeskreises – wir hocken mit 7 Personen in der kleinen Hütte, Mutter hat netterweise Suppe gekocht. Sie bleiben bis etwa 23.30 Uhr, dann gähne ich so demonstrativ, dass selbst der Dümmste es kapiert, dass ich buchstäblich „hunde"müde bin. Wir füttern die Babys noch und gehen dann schnell schlafen.

Samstag, 14.10.2006

Heute Nachmittag sind die Kinder bei uns, Welpen knuddeln. Markus und Tobias hocken mit den Welpen im Auslauf, Schwiegertochter Tanja streichelt ganz versonnen Antons Köpfchen. Es ist zu schade, dass keiner von den Kindern einen Welpen nehmen kann, aber sie sind halt beide allergisch gegen Hundehaare, außerdem voll berufstätig, da hat's wirklich keinen Sinn.

Sonntag, 15.10.2006

Familie L. besucht heute wieder ihren Askan. Wir sind im Garten mit den Kleinen und sitzen mitten im Welpenauslauf. Die Kleinen wuseln um uns herum, und wir erzählen und finden uns immer sympathischer. Askan wird bestimmt dort ein gutes Zuhause finden.

Nachmittags kommen Bekannte vom Hundeplatz zum Kaffee. Ede ist mal wieder bei den Kleinen im Auslauf, und als sie sich über den Rand beugen, knurrt er warnend. Das hat er noch nie gemacht – liegt's an den Leuten?

Montag, 16.10.2006
Was für eine Nacht – wir waren 2 Mal bei den Welpen drin, sie haben nur Hunger. So geht das nicht, ich muss mir was einfallen lassen.

Ich telefoniere mit Geanies Züchterin, die rät mir, das Welpenaufzuchtfutter zu füttern, weil unser Dosenfutter allein offenbar nicht genügend sättigt. Ich gehe einen goldenen Mittelweg, mixe Haferflocken mit etwas Trocken- und Dosenfutter. Den Welpen ist es wurscht, sie verschlingen alles mit rasender Geschwindigkeit.

Geanies Züchterin möchte gern die Welpis noch mal sehen, bevor sie das Haus verlassen und meint, wir sollten sie ins Auto packen und zu ihr kommen. Wir verabreden uns für kommenden Dienstag – ich hab' allerdings ein bisschen Bauchschmerzen bei dem Gedanken – es ist doch eine große Strapaze für die Kleinen.

Heute Nachmittag habe ich Auszeit – Termin im Nagelstudio. Selbstverständlich schleppe ich die Fotos der Babys mit, dort wartet man schon ganz ungeduldig darauf.

Dienstag, 17.10.2006
Ein Wunder ist geschehen – die Piranhas haben bis 6.00 durchgeschlafen!!! War das schön... Noch nicht mal Geanie, die sich wieder extrem dick gemacht hat auf meiner Campingliege, hat mich gestört. Ich fühle mich wie neu geboren und fülle mit Schwung die Waschmaschine zum –zigsten Mal.

Mittags ist wieder Gartenzeit. Die Sonne scheint genau in den Auslauf, und die Kleinen toben wie die Wilden herum. Liebstes Spielzeug ist Werners Hausschlüssel samt Schlüsselband. Die ganze Meute hat ein Ende erwischt und zerren es wie die Wilden über die Wiese. Draußen rennen Geanie und Ede in Höchstgeschwindigkeit vorbei und streiten sich um ein Welpenspielzeug, das Ede stibitzt hat. Endlich erkenne ich meine Geanie wieder – sie hat wieder Spaß am Spielen und Toben, wie schön!

Abends kommt eine Verwandte mit ihren beiden Mädels. Beide sind im besten „achsinddiesüüüüüüüüüß-Alter" und fallen über die Welpen her. Die revanchieren sich und fallen ihrerseits über die Mädels her, die zur Begeisterung der Kleinen lange Haare haben. Nach gut 2 Stunden muss Mama die beiden mit Gewalt aus dem Auslauf zerren und nach Hause verfrachten. Ich bedaure schon den Papa, meinen Cousin, der heute abend mit Boxer-Welpen-Wünschen gequält werden wird....

Mittwoch, 18.10.2006
Heute ist wieder Großkampftag. Meine Annonce ist in den Zeitungen erschienen, und das Telefon klingelt dauernd. Und immer sind irgendwelche blöden Leute dran: „sind die Hunde gesund?" (nee, ich verkaufe kranke Hunde...), „haben die Hunde HD?" (fragen Sie mich das in einem Jahr noch mal...), einer erzählt, er hat schon zwei und will keinen 3. (warum ruft er dann an – hat er keinen Friseur, den das interessiert?) und immer wieder die Frage „wat kost' denn so'n Boxer?" Mir geht der Hut hoch, und ich muss mich anstrengen, halbwegs freundlich zu bleiben. Es gelingt mir meisterhaft, meinen Motzki und Anton vor diesen Leuten zu retten. Ich finde meine Leistung durchaus anerkennenswert.

Mittags, als Werner von der Arbeit kommt, packen wir fix die ganze Rasselbande in ihren Wäschekorb und nutzen noch für eine Stunde die Herbstsonne. Morgen soll es erstmal vorbei sein mit dem guten Wetter.

Dann fahren Werner und Ede zum Hundeplatz, und Geanie und ich kümmern uns um die Kleinen. Bald kommt auch Frau K., diesmal mit Christine (wieder keine Ahnung, wer das ist...). Auf jeden Fall ist es jemand, der Anton ausgesprochen gut gefällt. Sie bleiben eine Stunde, spielen mit der kleinen Aika, und Frau K. droht einen neuen Besuch in der kommenden Woche an, diesmal mit Karla oder so ... Gut, dass die Welpen nicht ein halbes Jahr bleiben, sonst kenn' ich ihren ganzen Freundeskreis! Aber ich finde es positiv, dass sie sich so auf Aika freut und alles plant und vorbereitet. Für ihre 73 Jahre ist sie verflixt gut drauf!

Um 18.00 steht die Familie S. aus Langenfeld auf der Matte – ich hatte total vergessen, dass sie kommen wollten... peinlich! Ich lasse nach... Sie sind begeistert von den Neffen und der Nichte ihres Rüden, Geanies Bruder, und würden sie am liebsten einpacken und mitnehmen. Sie erzählen, dass ihr Rüde 41 Kilo wiegt – Du meine Güte ......!

Um 21.30 ist Werner mit Ede zurück vom Hundeplatz, wir essen noch schnell zu Abend und verziehen uns in unsere Kojen, nachdem wir die Kleinen noch mal gefüttert haben.

Donnerstag, 19.10.2006
Wieder war die Nacht relativ ruhig – bis etwa 5.00. Dann haben wir gefüttert, grob sauber gemacht, Licht wieder aus und zurück ins Bett. Die Kleinen haben sich dann auch wieder zur Ruhe begeben und sind um etwa 7.30 putzmunter und ausgeschlafen, was bedeutet, dass sie recht lautstark herumkreischen und bellen. Die Stimmchen sind so was von laut und schrill, dass man wach wird – ob man will oder nicht. Wir frühstücken, Werner schnappt sich die beiden Großen und ich füttere die kleine Bande, die in einen ohrenbetäubenden Lärm ausbricht, als ich mit der Futterschüssel hereinkomme.

Während sie futtern, mach' ich schnell sauber – das kommt gerade eben mit der Zeit hin, bevor sie versuchen, über die Wände des Auslaufs zu klettern. Erstaunlich, wie schnell man morgens sein kann ......! Natürlich werden die neuen Tücher und die neue Einstreu im Hundeklo erstmal eingeschmutzt – ich liefere mir mit der ganzen übermütigen Meute einen Kampf um die Papiertücher, mit denen ich die Häufchen aus dem Heu fische. Ich gewinne zwar, trage aber wieder einige neue Kratzer davon, diesmal an den Fersen, in die sie mich mit großem Appetit gebissen haben.

Leider ist heute kein schönes Wetter, so dass wir auf den Gartenaufenthalt verzichten. Stattdessen spielt Ede so intensiv mit den Kleinen, dass sie richtig schön müde sind. Sie werden immer frecher, und der Riesenkerl genießt es – es ist einfach nur schön!

Heute Nachmittag ist Kaffeetrinken mit meinen Freundinnen, mit mittelschwerer Welpenbelästigung – alle haben sich irgendwie verabredet, immer neue Häufchen zu produzieren. Ich hänge zwischen Baum und Borke, versuche am Gespräch teilzunehmen, während ich ein Häufchen nach dem anderen aus dem Heu fische und in den Eimer befördere. Gut, dass wir Frauen multitaskingfähig sind...

Am Abend kommt der Tierarzt, untersucht die Kleinen – alles in Ordnung, Gott sei Dank. Dann werden sie geimpft und gechippt. Alle Jungs ertragen es tapfer, nur der kleine Besen namens Aika muss mal wieder aus der Rolle fallen. Genau wie ihre Mama schreit sie zum Steinerweichen, und es kommt der Kommentar vom Doc: „wieder ein Fall für Leberwurst".

Werner schaut noch Fußball, und ich kann endlich mal wieder das Tagebuch weiter führen.

Sicherlich werden die Kleinen uns heute Nacht wecken – die 4. Mahlzeit fehlt ihnen noch. Aber sie schlafen so fest, dass wir sie nicht wecken wollen und erstmal eine Runde schlafen.

Freitag, 20.10.2006
Um 2.00 haben sie sich lautstark zu Wort gemeldet – sie hatten Hunger. Wir haben sie gefüttert, schnell sauber gemacht und weiter geschlafen. Um 7.00 ist die Nacht allerdings zu Ende – sie schreien nach Frühstück. Werner quält sich aus dem Bett, gibt ihnen zu fressen, macht erstmal das Nötigste sauber und geht mit den beiden Großen raus. Inzwischen bin auch ich zu Bewusstsein gekommen und krieche aus den Federn. Im Welpenzimmer werde ich stürmisch empfangen – alles stürzt sich auf mich, und ich habe wieder das weiche, warme Welpenknäuel in den Armen. So könnte ich jeden Morgen wach werden, nur etwas später wäre nett......

Während wir frühstücken, spielt Ede ein bisschen mit seinen Mini-Kumpels, dann verschwinden Werner und die beiden Großen im herbstlichen Nieselregen.

Nachmittags ist Hundeplatz, und Geanie und ich sind mit den Babys allein. Der Tag vergeht mit Spielen, Schmusen, Fressen und Schlafen.

Spät abends bekomme ich noch einen Anruf – eine Familie aus Winnenden bei Stuttgart interessiert sich für Anton und bittet um weitere Fotos von ihm per e-mail. Sie werden es vor der Abgabe nicht mehr schaffen, vorbeizukommen. Mir kullern erst mal wieder die Tränen - mein kleiner Anton......! Auch Werner guckt traurig, als er mit Ede vom Hundeplatz zurückkommt und ich ihm das erzähle. Aber es hilft ja nichts, wir können ja nicht alle behalten – das ist ja nicht der Sinn der Sache. Ich werde erstmal versuchen, irgendwas über die Leute zu erfahren. Einstweilen schicke ich Ihnen Fotos von Anton und warte auf die Reaktion. Vielleicht reagieren sie ja auch nicht...

Samstag, 21.10.2006
Heute ist der große Tag – wir gehen mit den Welpis auf die Straße, an-der-Leine-gehen üben. Der erste Versuch, jeder mit 3 Welpen, geht voll daneben – einer will rechts, der andere links, der dritte gar nicht usw. Also, alles wieder rein, und wir gehen mit jedem einzeln mal ein Stück die Straße rauf und wieder runter.

Hier offenbaren sich die einzelnen Charaktere: am neugierigsten sind Aika und Atze – sie gehen ohne zu zögern mit mir, schnuffeln überall, schauen sich erstaunt die vorüber fahrenden Autos an, haben aber keinerlei Angst – einfach super.

Anton kommt anschließend, er setzt die Nase auf den Boden und läuft auf der Fährte seiner Geschwister, ohne sich groß um seine Umgebung zu kümmern. Auch der Bus interessiert ihn nicht, er düst bis zur Straßenecke, wieder zurück, rein zur Haustür, ab in den Auslauf zu den Geschwistern, knallt sich auf den Boden und schläft sofort ein.

Askan ist der Bedächtige – er setzt sich erstmal vor die Haustür, schaut sich alles genau an und setzt sich dann in Bewegung. Zwischendurch will er lieb gehabt werden, dann informiert er sich wieder per Nase gründlich über die Nachbarschaft.

Motzki geht nicht, er schreitet ... Hocherhobenen Hauptes marschiert er mit mir die Straße entlang, kein bisschen unsicher.

Arneau ist mein Clown – er hüpft und springt, beißt in die Leine, beißt mir ins Hosenbein, kriegt von der Umgebung nichts mit, sondern wuselt nur um mich herum.

Super fachkundig ist mal wieder der Kommentar vom Nachbarn: „das klappt aber noch nicht so besonders gut".

Darauf kriegt er eine schnippische Antwort „ist ja wohl auch nicht zu erwarten, wenn man 7 Wochen alte Welpen zum 1. Mal ausführt", und Ruhe ist. Der ist eh' ein Stiesel.

Nach diesem Ausflug sind alle kaputt „wie Hund" und schlafen erstmal sanft und selig.

Abends kommen schon wieder Boxerleute – es gibt reichlich Lasagne, damit ich sie satt kriege. Es wird ein netter gemütlicher Abend, der zum Glück nicht so lange dauert, weil alle ihre Hunde zu Hause haben.

Sonntag, 22.10.2006
Die Babys haben bis fast 7.00 Uhr geschlafen – da kann man nicht meckern. Wir versorgen sie schnell und legen uns noch ein Stündchen aufs Ohr. Sie randalieren zwar, aber mittlerweile können wir dabei wunderbar schlafen. Auch die beiden Großen lassen sich nicht stören, und so dehnen wir die Nacht noch bis 8.30 aus, frühstücken mal in aller Ruhe – Werner muss ausnahmsweise mal nicht arbeiten – und dann geht er mit den beiden Großen spazieren.

Zwischendrin bekomme ich einen Anruf aus Essen von Leuten, die sich die Welpen anschauen wollen. Wir verabreden uns für 11.00 Uhr. Hoffentlich sind sie wenigstens pünktlich, denn wir wollten eigentlich mit den Babys mal Auto fahren.

Als Werner zurück ist, ist noch mal Großputz des Auslaufs angesagt. Dazu kommen alle 6 in die große Box, Tür zu, und ich kann alles aus dem Auslauf räumen. Werner leert die Einstreu vom Hundeklo, dann wird alles wieder neu ausgelegt, und die kleine Meute kann wieder rein. Alle stürzen sich zuerst ins frische Heu und haben einen diebischen Spaß dabei, alles herumzuwerfen und darin zu scharren.

Eigentlich sollten dann alle schlafen, tun sie aber nicht. Aika, Atze und Anton stören die anderen mal wieder. Also schnappe ich mir einen nach dem anderen und mache mit ihnen wieder einen Mini-Spaziergang. Diesmal geht es schon viel besser als gestern – sie tapsen neben, vor und hinter mir her. Ich bin nur gespannt, wann der erste Unfall an der Kreuzung passiert – alle Leute, die mit dem Auto die Straße hochkommen, sehen nur die Welpen und verreißen das Lenkrad...

Es wird 11.00, es wird 12.00 – die Leute aus Essen lassen sich nicht blicken. Brauchen sie auch jetzt nicht mehr. Ich kann Unzuverlässigkeit für den Tod nicht ausstehen. Dann sollen sie am Telefon sagen, dass sie es sich überlegen wollen, aber nicht eine Uhrzeit ausmachen und dann nicht auftauchen. Egal, abgehakt. Wackelkandidaten bekommen meine Hunde nicht!!!

Um 13.00 kommen L's, ihren Askan besuchen. Wir haben ihnen gesagt, sie sollen diesmal ein bisschen Zeit mitbringen zum Kaffee trinken. Die sind nett, wir haben uns immer viel zu erzählen.

Fahren wir halt später Auto – der Tag ist lang. Fotos machen will ich auch noch, es ist schönes Wetter. Wir werden die Babys in den Garten lassen und dort fotografieren.

Fotos sind gemacht, die Babys sind vom Herumtoben im Garten schön müde. Wir bringen sie wieder in ihr Welpenzimmer, und da kommen auch schon L's. Sie spielen ein bisschen mit Askan, bis er völlig k.o. umkippt und einschläft. Die anderen sind auch im Land der Träume, also gehen wir Kaffee trinken und quatschen. Ich bin so froh, dass wir auf einer Wellenlänge senden und sie mit Askan Hundesport machen wollen und für die Zukunft nichts von vornherein ausschließen.

Außerdem ist es quasi „um die Ecke", so dass wir ihn bestimmt immer wieder besuchen werden. Das macht es mir schon leichter, ihn abzugeben.

Während wir sitzen und erzählen, geht das Telefon. Die Familie D. aus Winnenden ist dran - sie wollen Anton nehmen, und mir kommen wieder die Tränen. Mein kleiner Mausebär – ich hab' ihn so lieb! Aber ich denke, ihm wird es dort gut gehen, auch wenn es keine überzeugten Hundesportler sind. Sie wollen mit ihm in eine Hundeschule gehen, das schon, in erster Linie soll er aber ein Familienhund sein. Ich hoffe, ich tu' das Richtige. Gerne würde ich die Leute vorher mal kennen lernen – vielleicht klappt das ja auch noch. Sie wollen ihn am 1.11. abholen und wenn möglich vorher noch nach Remscheid kommen.

Jetzt ist nur noch mein Motzkibaby übrig – gerade bei ihm hatte ich gedacht, dass er zuerst vergeben wäre. Aber ich denke, auch er wird noch seine Leute finden.

Abends meldet sich unsere Ausbilderin vom Hundeplatz und erzählt uns, dass ihr Mann morgen nach Remscheid kommt und das Futter bringen und natürlich auch die Babys gerne sehen möchte. Kann er gerne machen – ich bin gespannt, was er sagt und wie sie ihm gefallen.

Auch eine Heilpraktikerin kommt morgen und spritzt den drei Wackelkandidaten ein homöopathisches Mittel, das den Hodenabstieg fördern soll. Ich möchte keine chemische Keule einsetzen. Wenn es denn sein soll, dass ich danach mit Geanie nicht mehr züchten kann, ist es halt so. Dann hab' ich Pech gehabt, aber ich habe wenigstens diesen Welpen keinen Schaden zugefügt. Es wäre zwar schade, aber Geanie und wir würden es überleben. Aber ich bin optimistisch, dass Donnerstag bei der Wurfabnahme alles in Ordnung sein wird. Wir schaffen das schon, die Jungs und ich.

Montag, 23.10.2006

Brave kleine Welpis – sie haben bis 7.30 geschlafen! Sie haben mal gemeckert in der Nacht, Werner ist mal kurz rein gegangen zum Nachschauen. Danach haben sie gleich weiter geschlafen. Aber diese Freude, wenn man morgens früh ins Welpenzimmer kommt, ist unbeschreiblich. Sie rennen wie die Wilden quer durch den Auslauf, kreischen und bellen und stürzen sich in unsere Arme, beißen begeistert in alles, was sich bewegt oder auch nicht – ich weiß schon, warum ich seit neuestem mit Gummistiefeln in den Auslauf steige... meine Fersen sind völlig zerbissen und tun eklig weh.

Gegen 12.00 taucht unser Ausbilder auf, bringt das Futter und setzt sich zu den Welpis. Seinem langjährigen Züchterblick entgeht nichts, und er nickt beifällig, als er die putzmunteren Kleinen sieht und die Umgebung, in der sie aufwachsen. Er schaut sie genau an und findet nichts zu meckern – das freut mich und macht mich auch ein bisschen stolz.

Nach dem Mittagessen machen wir endlich unseren Plan wahr, packen die Babys in die Autobox, Geanie und Ede auf den Rücksitz und fahren eine Runde mit dem Auto. Nach anfänglichem Gequieke von hinten kehrt bald Ruhe ein. Natürlich sind sie unruhig und aufgeregt, aber keinem wird übel – Gott sei Dank! Wir schauen mal bei Bekannten aus unserer ehemaligen BK-Gruppe vorbei und stellen unseren Nachwuchs vor. Als wir wieder zu Hause ankommen und die kleine Bande in den Auslauf zurücksetzen, schlafen sie umgehend ein, nicht ohne noch diverse Häufchen in die Heukiste zu legen – so ein Babyboxerleben ist schon sehr anstrengend!

Nachmittags kommt die Heilpraktikerin und gibt Atze, Arneau und Askan die homöopathische Spritze, die die kleinen Bäuche entspannen soll, damit der Hodenabstieg ein wenig leichter vorangeht.

Donnerstag ist Wurfabnahme, und es wäre toll, wenn alle Jungs „komplett" wären. Bei den dreien ist es noch nicht ganz so weit.

Wir haben einen ruhigen Abend, die Kleinen schlafen, und ich kann ein bisschen fernsehen. Kurz vor dem Schlafengehen bekommen die Kleinen noch eine Mahlzeit, und mit runden Bäuchlein schlafen sie friedlich wieder ein.

Dienstag, 24.10.2006
Langsam gewöhnen sie sich daran, nachts Ruhe zu halten. Sie waren gegen 3.00 Uhr mal kurz wach, haben ein paar Leckerlis bekommen und sind gleich wieder eingeschlafen und erst um 7.30 wach geworden. Wir machen schnell sauber, füttern erst die Kleinen, dann bekommen die Großen ihr Leberwurstbrot und wir unser Frühstück.

Auf den eigentlich vorgesehenen Besuch bei Geanies Züchterin verzichten mir – die Fahrt von 2.1/2 Stunden ist uns einfach zu lang für die Babys.

Es ist zwar ziemlich stürmisch draußen, ab und zu regnet's, aber um die Mittagszeit klart es ein wenig auf. Ich schnappe mir Askan, Aika und Motzki nacheinander und gehe ein Stück mit ihnen an der Leine. Es klappt schon prima. Aika ist ein kleiner Gummiball, hüpft und springt, düst hierhin und dorthin, wie seinerzeit ihre Mama. Auch sonst hat sie viel von Geanie geerbt – sie springt wie ein Flummi, ist auch schon aus dem Auslauf ausgebüxt und kam uns letztens fröhlich an der Kellertreppe entgegen. Seitdem wird, wenn wir nicht direkt neben dem Auslauf sitzen, das 2. Brett aufgelegt – das schafft sie nicht.

Heute fahren wir noch mal Auto mit ihnen. Werner bringt mich in die Stadt, ich muss noch ein bisschen was einkaufen.

Dann fährt er mal kurz beim Friseursalon vorbei, unserer Friseuse die Babys zeigen. Sie wäre mir ewig böse, wenn sie nicht zu sehen kriegte!

Die ganze Salonbesatzung steht draußen, um die Kleinen anzuschauen. Dieser Menschenauflauf lockt natürlich weitere Zuschauer an, sogar eine Politesse muss mal schauen, was da vorgeht – grottenpeinlich! Aber auch sie „verfällt" den kleinen Knautschgesichtern und beteiligt sich daran, mit den Kleinen in der Babysprache zu reden – ich könnt' mich schieflachen. So klein und setzen schon die Parkordnung außer Kraft – wir stehen nämlich im Halteverbot vor einer Einfahrt...

Ich erledige schnell meine Besorgungen, und Werner fährt mit dem mit Hunden voll gepackten Auto zu einer Klientin, die ihn in einer Schiedsangelegenheit angerufen hat. Als er mich wieder einsammelt, meint er, könnte sein, dass Motzki eine Familie gefunden hat. Auf meine erstaunte Frage erzählt er mir, dass – natürlich – die gesamte Nachbarschaft der Klientin sich die Kleinen angeschaut hat und eine Familie ihrer Tochter den Motzki schmackhaft machen will. Dann würde er nach Pforzheim gehen – noch ein Schwabe.... Aber schauen wir erst mal – wird nichts so heiß gegessen, wie es gekocht wird.

Beim Autofahren waren alle brav und haben sich schon ganz routiniert in die Box gelegt und die meiste Zeit geschlafen. Umso munterer sind sie, als wir wieder zu Hause sind. Alle stürzen sich sofort in die Heukiste – haben im Auto brav eingehalten und müssen jetzt recht nötig. Pipi geht noch daneben, aber die Häufchen landen präzise im Heu – ich bin richtig stolz auf meine Jungs und mein Mädel!

Weniger nett sind die Wadenbeißattacken – es tut so gemein weh!

Ich hab' zwar inzwischen immer Gummistiefel an, aber sie haben schon entdeckt, dass die in halber Höhe enden und beißen statt in meine Ferse halt in die Waden – meine Beine sind verkratzt und zerbissen, meine Arme desgleichen, aber ich hab' noch nie in meinem Leben so herrliche Bisse abgekriegt!

Seitdem gestern die Heilpraktikerin bei uns war, gilt mein ganzes Augenmerk dem sehnlichst erwarteten Hodenabstieg. Bei Atze sieht es eigentlich gut aus, bei Arneau muss rechts noch ein wenig „geschubst" werden, und Askan ist mein Sorgenkind. Der verkrampft sich so, dass die gar nicht rutschen können – hoffentlich klappt das bis Donnerstag ....

Ich sitze schon seit 2 Stunden am PC und drucke alle Unterlagen für die Welpenkäufer aus. Mittendrin geht das Haustelefon, Werner ist dran und sagt, dass gleich Leute kommen, die sich Motzki anschauen wollen – jetzt geht aber hier die Post ab! 7 Wochen hat keiner ihn haben wollen, und jetzt gleich zwei!

Die Leute kommen aus Ratingen-Lintorf und werden in unserer Gruppe trainieren – ich bin so glücklich! So sehe ich mein Motzkibaby jede Woche und kann zuschauen, wie er sich entwickelt. Auch Askan werden wir regelmäßig sehen – Essen ist ja auch nicht weit weg. Jetzt geht's mir wieder besser.

Sie werden auch schön langsam nacheinander abgeholt, so dass nicht mit einem Mal alle weg sind: Askan sicherlich am Freitag, Atze und Arneau am Samstag, Anton am 1.11., Motzki am 7.11. und als letztes der kleine Aika-Feger – am 11.11. Dann geht's auf zu neuen Zielen – der nächste Wurf ist schon im Hinterkopf geplant. Ich hab' mir zum Geburtstag das ZIS-Programm vom BK München gewünscht, so muss ich nicht ständig irgendwelche lieben Menschen nerven.

Mittwoch, 25.10.2006

Die Kleinen sind soooo lieb gewesen – sie waren gegen 4.00 wach, sind aber gleich wieder eingeschlafen und haben dann durchgehalten bis 7.30 Uhr. Danach kommt wieder Großreinemachen – die Häufchen der Nacht müssen weg.

Netterweise benutzen sie dazu weitestgehend ihre Heukiste, so kann man das Zeugs fix in die Häufchentonne entsorgen. Die futtern so schnell, dass man sich beeilen muss, alles wieder auszulegen.

Dann frühstücken wir, Werner geht auf die Hunderunde, und ich mache Ordnung. Dann kommen die Großen schon wieder zurück, Geanie und Ede gehen mal nach den Babys gucken, es ist alles ok, so können sie sich auch auf's Ohr legen.

Nach dem Mittagessen verschwinden Werner und Ede in Richtung Hundeplatz, und Geanie und ich genießen die Ruhe. Nachmittags kommt eine Bekannte, den Babys tschüss sagen. Danach nutze ich das gute Wetter und gehe mit jedem Welpen einzeln an der Leine spazieren. Sie machen es alle schon prima und freuen sich, raus zu kommen. Die Nachbarn hängen mal wieder im Fenster und freuen sich über die Kleinen.

Abends bin ich mal wieder damit beschäftigt, den Auslauf sauber zu machen, drehe mich um und – da sind nur noch 5 Welpen! Aika ist nicht zu sehen, und auch Geanie ist verschwunden. Also mach' ich mal schnell wieder das zusätzliche Brett davor und gehe auf die Suche. Ich finde Mutter und Tochter im Keller. Geanie hat sichtlich Spaß daran, mit ihrer Kleinen spazieren zu gehen. Ich fass' es nicht – jetzt, wo sie bald aus dem Haus gehen, findet dieses Tier seine Kinder klasse! Sie verbringt fast den ganzen restlichen Abend im Auslauf und spielt mit ihren Kindern.

Ich nehme einen nach dem anderen heraus und bringe ihn in unser Zimmer, wo sie mit ihrer Mama auch mal allein herumlaufen können. Geanie findet es klasse, und danach sind alle Welpen völlig k.o.

Werner und Ede sind zurück, es ist 21.30, und die Welpen schlafen immer noch. Ich mache mich schon mal bettfertig, und um 22.30 wecken wir sie zur letzten Mahlzeit des Tages.
Mit vollem Bäuchlein schlafen sie gleich wieder ein und mucksen sich für den Rest der Nacht nicht mehr.

Donnerstag, 26.10.2006
Alle haben durchgeschlafen und werden erst wach, als wir aufstehen. Danach muss es aber schnell gehen – sie haben Hunger bis unter alle 4 Pfoten.

Ich bin gerade im Bad, da höre ich meine Zuchtwartin auf den Anrufbeantworter sprechen. Sie bittet darum, erst morgen früh kommen zu dürfen – heute ist Brückenfest, und die Straße zu uns wird mehr als verstopft sein. Ist mir sehr recht, so haben Askans und Arneaus Eierchen noch 24 Stunden Zeit, sich eines Besseren zu besinnen.

Mittags gehen wir noch mal in den Garten – der Oktober gibt sein Bestes, es ist sommerlich warm, und die Kleinen toben durch den Auslauf. Ihr liebstes Spielzeug ist zur Zeit unser Hausschlüssel – man kann so herrlich am Schlüsselband zerren. Meistens hängen alle 6 dran, jeder zieht in eine andere Richtung.

Der Abend ist schon ein bisschen vom Abschiedsschmerz angehaucht – wir reden nicht viel und sind einfach nur traurig, dass diese wunderschöne Zeit bald vorbei ist.

Freitag, 27.10.2006
Wieder haben sie durchgeschlafen – wir sind begeistert.
Heute muss ich Gas geben, die Zuchtwartin ist
Frühaufsteherin.
Als ob ich's geahnt hätte – sie steht kurz nach 9.00 Uhr
auf der Matte, und die Wurfabnahme nimmt ihren Lauf.
Anton, Aladin und Aika – kein Thema, alles o.k. bis auf
Aladins linke unausgefärbte Nickhaut. Wegen Aikas Rute
will sie sich mit der Landesgruppenzuchtwartin beraten –
man sieht den Knick kaum noch. Tja, und dann kommen
meine drei Wackelkandidaten Atze, Arneau und Askan. Da
sind halt die Hoden noch nicht ganz dort, wo sie
hingehören, und wir verabreden uns in 4 Wochen. Dann
müssen die Welpenkäufer noch mal nach Remscheid
kommen – ich denke, das wird kein Problem sein.

Ich rufe die Leute an, die jetzt am Wochenende die Babys
holen wollen, und dann fließen die Tränen. Ich kann's mir
kaum vorstellen, sie nicht mehr jeden Morgen im Arm zu
halten, dieses weiche Kuschelfell nicht mehr zu streicheln,
kein Babygeruch mehr, kein Gekreische mehr, wenn es
Futter gibt, kein Toben mehr im Welpenauslauf – es tut
schrecklich weh. Sie schauen mich an, als ob sie es
verstehen, und die beiden Großen drücken sich an mich,
als ob sie mich trösten wollen.

Ich hoffe mal, ich bringe heute den Abschied von Askan
irgendwie über die Bühne und verderbe L's nicht die
Freude an diesem Tag. Ich weiß ja selbst, wie glücklich
man ist, wenn man sich einen Welpen geholt hat und wie
wenig man an den Abschiedsschmerz des Züchters denkt.

Damit endet dieses Tagebuch – es war eine traumhaft
schöne Zeit, und ich werde es wieder tun, möchte wieder
dieses Glück erleben und werde mir auch wieder den
Abschied antun. Eines Tages jedoch wird ein Baby
bleiben, und auf diesen Tag freue ich mich schon heute.

Ende des Welpentagebuches

Nachtrag

Inzwischen sind mehr als 2 Jahre vergangen - aus unseren sind A's große, schöne Boxermänner und eine hübsche Boxerfrau geworden. Wir besuchen Aika regelmäßig, Aladin (der jetzt Titus heißt), sehen wir jede Woche auf dem Hundeplatz, auch mit Askan und seinen Leute treffen wir uns oft und besuchen uns gegenseitig auf dem Hundeplatz. Zu fast allen Besitzern haben wir regelmäßig Kontakt. Arneau (umgetauft auf Spike) sehen wir leider eher selten.

Atze wurde mit 6 Monaten kupiert – seine Knickrute war so heftig, dass er unter Schmerzen beim Sitzen litt. Er hat die Operation gut überstanden und auch keine Probleme mit seinem kurzen Stummelchen.

Askan wurde im Alter von 18 Wochen doch noch als „richtiger" Junge von der Zuchtwartin abgenommen, was mir leider ein „Sternchen" einbrachte. Auch bei Arneau rückte alles an die richtige Stelle, allerdings erst mit etwa einem halben Jahr, was dazu führte, dass die Papiere des kompletten Wurfs neu geschrieben werden mussten und ich 2 „Sternchen" einstecken musste. Atze ist leider hodenlos geblieben.

Anton verlor mit einem halben Jahr sein Zuhause, weil seine Besitzerin schwer krank wurde. Wir haben ihn nach Hause geholt, er fügte sich problemlos wieder ins Rudel ein, und da ist er heute noch.

Natürlich konnten wir es nicht lassen – züchten kann süchtig machen... Es hat einen B-Wurf gegeben, vielleicht darüber zu einem anderen Zeitpunkt mehr.